疯狂电影圈

The Vain Vanity

莫 争◎著

时代出版传媒股份有限公司
安徽文艺出版社

图书在版编目（ＣＩＰ）数据

疯狂电影圈/莫争著. —合肥：安徽文艺出版社,2019.2（2022.7重印）
ISBN 978-7-5396-6513-9

Ⅰ. ①疯… Ⅱ. ①莫… Ⅲ. ①长篇小说－中国－当代
Ⅳ. ①I247.5

中国版本图书馆CIP数据核字(2018)第257262号

出 版 人：姚 巍
责任编辑：胡 莉　　　　　　　装帧设计：张诚鑫
....
出版发行：安徽文艺出版社　　www.awpub.com
地　　址：合肥市翡翠路1118号　　邮政编码：230071
营 销 部：(0551)63533889
印　　制：山东百润本色印刷有限公司　　(0635)3962683
....
开本：880×1230　1/32　印张：8.25　字数：180千字
版次：2019年2月第1版
印次：2022年7月第2次印刷
定价：49.80元
....

目　录

1　**星爷的电影好不好？**　................ *001*

黄亚明目眦欲裂，一把抓住吴海的阿玛尼上衣的衣领，一字一顿地问："你竟敢说星爷的电影不好看？"

"不是不好看，"吴海认真地纠正说，"是很难看。"

2　**飞越海峡两岸的催泪弹**　................ *012*

"这么说？你给倩雯开的片酬是……"丹妮问。

"对！八千万台币！"吴海夸下海口，"三成定金！两千五百万！今天就付款！"

美玲姐的嘴巴大得可以塞一个苹果。吴海太不按常理出牌了，还没谈合同，就要付钱？

3　**娱乐圈新贵**　................ *032*

"《飞虎之泪》投资八千万，其中演员薪水两千万，制作三千万，宣传三千万，预计票房至少五个亿。按照影院票房的分成比例，我们至少能赚三分之一，也就是一点七亿，减掉八千万成本，我们至少能赚一个亿！"吴海信誓旦旦道。

4 **我的韩国女友** •••••••••••••••••••••••••••••••••••••• *043*

三个男人如坐针毡,到处打电话,找熟人公关,却不敢私下告诉公司同事,筹备的电影剧本备案立项没通过。

他们终于明白,那些戴着镣铐跳舞的艺术家才是真正伟大的艺术家。

5 **《长江怪兽》** •••••••••••••••••••••••••••••••••••• *057*

"我们拥有了原创版权,再有演员经纪,再组建制作团队,最后搞定发行渠道!再开发延伸版权产品,品牌授权、主题乐园、文化地产,我们就打通了、整合了与电影有关的多资源复合型产业链了!"吴海兴奋地朝巍巍寿山的方向大叫,"长江怪兽!吼吼吼!我们要起飞了!"

6 **融资怪相现形记** ••••••••••••••••••••••••••••••• *072*

吴海破口大骂:"高仁这个老狐狸,一分钱能掰成两片用!凭什么啊!"

"这叫欺生。"黄亚明说,"甚至有些大鳄,因为长袖善舞,拥有各种垄断资源,撮合一下,不出钱都有干股,空手套白狼啊!"

7 **爱上女编剧** •••••••••••••••••••••••••••••••••••••• *084*

"您就直接开片酬吧!"吴海没辙,谈到没办法了。

宽少伸出一根指头。

"一千万?"黄亚明吃惊地问,"刘天王出道这么多年,也才这个价吧?"

"不，是一个亿。"宽少像青蛙一样咧开了嘴，斩钉截铁地说。

8 砸锅卖身押房子 096

那几个企业家看到皇帝的御笔都欣喜若狂，又是拍照，又是膜拜，还果真有个冤大头花了三百三十三万，写了字据，立刻买了下来。

三太子又拿出若干古董，据说都是从故宫、秦始皇陵之类特殊渠道流传出来的宝贝。也有企业家激动地买了下来。

9 唐人街传奇 116

"阿诺·史丹利！"吴海惊呼道，"就是那个全地球人都知道的超级动作巨星？"

"没错，我通过公司高管，约了他和你见面。"雪梨说，"但是能不能打动他来参加你的电影项目，就看你的个人魅力了。"

10 死里求生 141

"这就是一个赌局。他敢借钱给我，我为什么不敢赌？大不了，赔他一条命！"吴海冲动地说，"不赌就永远没有机会！我们已经筹备了很久，钱总是不够，再不赌就没的玩了！"

11 放卫星 159

"欠钱不还的中国人！"朴会长一招手，一排凶神恶煞般的打手再次围住了吴海、黄亚明、欧阳正德这三个中国男人，现场气氛凝固，剑拔弩张。

12　抄袭风波 VS 裸贷丑闻 ···················· 185

"郭抄抄！滚出文学界！退出编剧圈！"

　　与此同时，也有很多人在视频网站留言，强烈要求把郭绣雪原著的电视剧下架，否则就不买视频会员。视频网站出于赚钱目的，才不理会这些无聊请求，只是简单发了个声明让制作公司去澄清抄袭传闻。

13　看他起高楼 ······························ 204

"影视大骗子！娱乐圈的老鼠屎！文化行业的耻辱！"

　　"老赖！不要脸！欠钱不还！再不还钱就让工商部门查封你们！到法院起诉你们！抓你们坐牢！"

　　"金三角影业就是野鸡公司！影视圈里的垃圾！败类！毒药……"

14　三傻玩转大电影 ·························· 235

　　"还不还钱！叫你不还钱！叫你不还钱！"男子掏出一把锋利的匕首，就朝吴海的肚子捅，一刀，两刀，三刀……

15　一场游戏一场梦 ·························· 251

　　"不能死！你不能死啊！伊海！伊海！海……"暗无天日，人间地狱的走私船底，失去名字的小孩抱着同伴的尸体，像斯坦尼康不停地摇晃着，在黑夜的海上放声大哭。

　　所有的悲伤都终止画外。

1 星爷的电影好不好？

夜深了，欲望更深。

云南丽江，风景秀丽，繁花似锦，浮生偷闲的游客，穿梭于色彩浓艳的少数民族风格的古城街道中。

华灯初上，古城的夜生活才刚刚开始，灯红酒绿，醉生梦死。

"欲望海洋"是丽江酒吧一条街名头最响亮的一家酒吧。

门口的广告煞是吸引人：一人喝酒三箱，全部消费免单！

一瓶酒五百毫升，一箱十二瓶，三十六瓶十八升。一个人正常的胃容量能有多大？这个简单的算术，酒吧老板吴海当然懂。

吴海是个海归，三十岁出头，他身高一米八七，体重六十五公斤，体格匀称，玉树临风，留着一头飘逸洒脱的半长发。他皮肤白皙，一双剑眉，眼睛却是个内双，鼻子像玉龙雪山一样笔挺，侧面看过去特别像某个好莱坞明星。

"吴总，那桌有个人，已经喝了两箱半了。"服务员小妹跑到柜台汇报。

"哟！"吴海不介意地瞟了一眼，"没问题，之前也有几个小王八蛋，喝到胃吐血，只为了免五百块的烤肉串钱。"

"还有个日本客人，边喝边尿，真是没品。"收银员插嘴。

"他那是大桌，有二十个人！"小妹郑重地强调。

吴海蓦然抬头，从一楼的收银台瞥到二楼靠窗的大桌，只见二三十个人穿着皮衣黑裤,大呼小叫,仿佛黑社会集会一样。

"喝!喝!喝!"众人指手画脚地起哄,围着中间一个长头发的怪人。

那怪人看上去二十七八岁,乱糟糟的头发还扎着少数民族风格的细辫子,戴着一副蛤蟆镜,一条花花绿绿的藏族风围巾,穿着一件皱巴巴的麻布复古风褂子,一条破破烂烂的牛仔裤,脚蹬马钉靴,身材瘦削高挑,竟然比吴海还高半个头。因为喝了太多酒,他苍白的脸上泛着酒红,看上去有几分面熟。

"那是黄亚明啊!"旁边桌的女客人掏出手机拍照。

"谁是黄亚明?"

"一个摇滚歌手。"一个穿着波西米亚裙子的女孩说。

"可惜过气了。"一个戴眼镜的胖女孩懒洋洋地说。

"不红了?"

"黄亚明十六岁出道,红了半年,然后就一直靠走穴为生。"那个胖女孩一语中的,道破许多歌手一首歌唱一辈子的辛酸。

"干!好酒量!"围着他撺掇的一群狐朋狗友到底是朋友还是仇人啊。

"我去瞧瞧。"吴海看到再喝下去,黄亚明圆鼓鼓的肚子就要炸了。他可不想自己的酒吧变成凶宅。

吴海推开栅门,快步走上木头阶梯,带着笑脸说道:"各位亲,谢谢捧场。我看这哥们喝高了,住手,不,住口吧!这顿我埋单。"

"你,你是谁啊?"黄亚明歪着肩膀,醉醺醺地问。

"我……"吴海灵机一动,低头合掌,客气地说,"我是你的'粉丝'。"

"哼几句?"有个打鼻环、鼻洞大得好像可以住鼹鼠的"女汉子"起哄。

"这,这个……"吴海傻了眼。

"小子,你是来作对的吧?"黄亚明操起酒瓶问。

"唱不出来就喝!"有个全身都是文身,好像地图人一样的肌肉男恶狠狠地说。

"我,我是这里的老板……"吴海尴尬地退后半步,怯怯地说。

"老板又怎样,谁能喝过我,谁就是老子!"黄亚明借着酒劲吼道。

空气中顿时弥漫着硝烟的味道。

干!想当初老子在美国混的时候……吴海不禁握紧了拳头,脑海浮现出高楼大厦林立的纽约,东百老汇的华埠牌坊,以及充斥着怪异涂鸦与尿臊味的黑人街区小巷。

"老板,"小妹跑过来,扯着吴海的袖子说,"有个客人尿遁,逃单了。"

"妈的!"吴海转身就走。

"骂谁呢!"黄亚明一把抓住了吴海的衣领。

"我,我来唱!"小妹跳出来救场,拿着空酒瓶,嫩生生地唱,"我,我是一只小蜈蚣,却爱上了一只大公鸡,咯咯咯咯咯咯咯……"

在场的人都愣住了。吴海以为要坏事,半晌过后,人群中却爆发出一阵没道理的哈哈大笑声。没想到那首曾在广场上播放、如病毒般传播的《蜈蚣爱上鸡》就是黄亚明的成名曲。

"果然是真粉啊!"黄亚明流着鼻涕,熊抱着小妹,狠狠地亲了她的脸一下,"那是我十七岁出的专辑,你那时还没出生吧,居然会唱!"

"因为你红嘛……"小妹扭动娇躯,卖萌地说。

吴海赶紧趁着没人注意,转身溜走。

"咦,那个老板呢?"黄亚明追问。

"逃,逃走了……"肌肉男嘲笑。

吴海悻悻地回到收银台,向楼上的看客比了个中指:"这年头,什么鸟都有!"

"老板,还免单吗?"收银员小声问。

"免!免他祖宗十八代!"

吴海火了,随手点了一下电脑,音响里放了周星驰电影的主题曲《一生所爱》。

> 从前　现在　过去了再不来
> ……
> 相亲竟不可接近
> 或我应该,相信是缘分
> ……

突然,楼上此起彼伏的喧闹声安静了下来。

原本正在人醉大闹的黄亚明先是沉默,然后双手抱头,像一头狼一样痛苦地号啕大哭。

他哭得那么大声,连天花板的吊灯都在微微地晃动。随着悲情音乐的高潮,黄亚明全身颤抖,跪倒在地,夸张地瘫软在地板上,好像毒瘾发作了一样。

"一定是勾起什么伤心的往事了。"胖女孩打了个饱嗝,站起来埋单。

"还什么歌星呢!真没酒品,哭得像死了爹妈一样。"吴海在楼下一边抱怨,一边切掉了《一生所爱》,换了一首凤凰传奇的说唱曲。

"哟哟,切克闹……"吴海拿着一次性抹布擦着吧台,还没跟着节奏晃动几下,突然楼梯口一阵骚动,楼上的人乒乒乓乓、风风火火地冲了下来。

一马当先的就是红着眼的黄亚明,他几乎是滚了下来。

"埋单?"吴海一甩刘海问。

"干吗切了周星驰的歌?!"黄亚明怒吼。

"那不是周星驰唱的。"吴海正色说,"就连那一段什么'曾经有一份真挚的感情',也不是周星驰的原声,而是幕后配音念的台词。"

"放屁!我要听刚才那首歌!"黄亚明坚持不让。

"不好意思,店是我开的,听什么歌我做主。"

"为什么不放周星驰的歌?"黄亚明大吼,身后一帮狐朋狗友也为他撑腰:"愣着干吗?信不信我们把店给砸了!"

"为什么?"吴海摸了摸后脑勺,露出不屑一顾的表情,懒洋洋地说,"因为周星驰的电影很难看啊。"

"什么!"黄亚明的脸仿佛一个被点燃的硕大炸弹,他目眦欲裂,整个上身趴在吧台上,一把抓住了吴海的阿玛尼上衣的衣领,一字一顿地问,"你竟敢说星爷的电影不好看?"

"不是不好看，"吴海认真地纠正说，"是很难看。"

真是火上浇油，黄亚明"嗖"地给了吴海一拳，没想到吴海反应奇快，低头闪过，"啪"地回了黄亚明一巴掌，还做了一个淘气的鬼脸，嬉笑道："周星驰的电影真是难看啊，不就是学金·凯瑞的臭脚?"

黄亚明气得火冒三丈，双手一挥，身后一帮狐朋狗友都冲了上去，要打吴海。

"别打别打……"几个服务员也冲了过来，保护住老板吴海。

吴海瑟缩在吧台的角落里，头顶上的上百瓶洋酒因为人群激烈的冲撞，发出哐当哐当的响声。

"干啊!"黄亚明一声号令，他的狐朋狗友一哄而上，和店员们打了起来，黄亚明更是操起一瓶人头马朝角落的吴海砸了过去。

吴海眼明手快，顺手接过，以迅雷不及掩耳之势跳到了吧台上，将酒瓶干脆利落地砸在了黄亚明的头上!

"哥也练过!"吴海酷炫的台词引得门口的胖女孩蓦然回首，滴下了花痴的口水。

"不好了! 伤人了!"酒吧里拳来腿往，鲜血飞溅。那一群看热闹的女生和顾客全都跑光了。

一场恶战，如火如荼。

世界末日般的混乱中，吴海的眼角瞥了瞥钱柜下面的保险柜，他知道里头有一个可以保护他的东西。但是如果掏出了那个东西，他的酒吧就别想开下去了。

没错，那是一把枪!

"我和你拼了!"黄亚明满头鲜血地挤过了人群,像大螃蟹一样掐住了吴海的脖子。

"你给我道歉! 说!"黄亚明喷着唾沫星子说,"说星爷的电影很好看! 他就是华语电影的神! 快说! 不然就掐死你!"

吴海没想到黄亚明居然不怕疼,也不去包裹受伤的头,竟直接偷袭自己。吴海的双手从下到上,像千斤顶一样撑住了黄亚明的手腕,不让他继续往深了掐自己的喉管。与此同时,吴海准备收腹提膝,撞飞黄亚明。想当年吴海在唐人街血战黑帮,刀光斧影,纵横四海,没两下子功夫,怎么配得上"过海猛龙"的美名!

但是他失败了。原来不仅有吧台阻碍了吴海的飞膝,更有两个黄亚明的死党死死地抱住了吴海的大腿,其中一个就跪在吴海的裤裆下,看起来像在拍日本电影。

这下尴尬了! 吴海和黄亚明在混战中身体互缠,像双生树一样僵持在一起。

豁出去了! 吴海的手松开不去架拦黄亚明的手腕,反手毒蛇出洞,一把掐住了黄亚明的脖子! 以牙还牙,你掐我,我掐你! 这下不是你死就是我活! 看的就是谁憋的气够长!

吴海这下失算了。通常来说,歌手的肺活量优于常人,何况是一个习惯了撕心裂肺吼叫的摇滚歌手。吴海英俊的脸涨得通红,然后迅速变紫,成了猪肝色,他快不行了。但他的手劲奇大,手指戳进了黄亚明的气管,黄亚明的喉咙咯咯作响,五官扭曲,通红的眼球也瞪得好像要掉出来。

一看动真格了,两边的人都慌了,赶紧七手八脚地去掰开吴海和黄亚明的手。

"别打了别打了，不就是一首歌吗？"

"别打了，你们的酒钱算在我的工资里，行了吗？"小妹求和。

"这样打下去会出人命的！"

"星爷的电影……到底好看……不好看？"黄亚明喷着游丝般的杀气，艰难地说。

"好，好看……"吴海结结巴巴，勉强地说。

大家都松了一口气，黄亚明的手也软了下来。

"好看——个屁！"吴海趁着对方手软，一记力挽狂澜的庐山升龙霸，从下而上，轰然击中了黄亚明的下巴。黄亚明整个人腾云驾雾般飞了出去，还好被朋友们搂住了，他的粉丝团也像被击中的保龄球一样溃散开来。

"我要杀了你！"黄亚明龇牙咧嘴，挣扎坐起，借着酒劲，冲过去报仇。

吴海一个灵巧的滚翻回到吧台内，迅速用指纹打开了保险柜，掏出了一把锃亮的手枪！

事后有人问吴海，这枪到底是真是假，不会是从地摊上买的道具吧？吴海神秘地笑而不语。

形势万分凶险，就在这千钧一发之际，突然像《聊斋》电影一样，门被"咿呀"一声诡异地打开了，一个人阴错阳差地闯了进来！

这个不速之客四十岁左右，中等身材，却长着一张稚气未脱的娃娃脸，戴着一副黑框眼镜，穿着一身中山装，一双古董般的蓝色布鞋，像一个老师的样子。他也的确是老师。

一开始有人以为是警察来了，也有人以为是对方的援手来了，没想到进来的却是一个其貌不扬、人畜无害的老师模样的人。

双方摩拳擦掌，拿着酒瓶、扫把、椅子、皮带、高跟鞋，正准备继续鏖战。

"干啥子哟？"老师用自带幽默属性的川普（四川普通话）问。

"滚！"黄亚明头也不回地喊。

"打烊了！"吴海提高了一个音阶喊。

"打烊了？外面牌子不是写着全天营业吗，你耍我咯？"老师问。

"今天来的怎么都是奇葩啊？"几个服务员满脸是汗，不知如何是好。

"你们在打架？"老师慢条斯理地坐了下来，给自己斟了一杯水，挥挥袖子，"甘地说，人世间的纠纷，不需要都用暴力来解决嘛。"

"是啊，我们来听听路人的意见嘛。"有人当和事佬。

"这个人我们都不认识，就让他来评评理。"小妹说。

"好！老子就听你的！你来当裁判！"黄亚明指着老师的鼻子咆哮道，"臭书生，你说，星爷的电影好看不好看？如果你说好看，老子今天身上所有的钱都是你的！"黄亚明从口袋里掏出了一个旧到脱皮的鳄鱼皮钱包，露出了几十张花花绿绿的信用卡。

"如果你承认周星驰的电影不好看，哥的这间酒吧，就白送给你啦！"吴海一拍桌子，夸下了海口。

所有的人，包括门口一大群围观的人——幸灾乐祸的同业人员，隔山观虎斗的保安，路过的游客们都挤爆了脑袋，恨不得把脸削成牙签从窗户缝、门缝塞进来看好戏。

"星爷的电影，到底好看不好看？！"黄亚明震耳欲聋地问。

如果是电影的话,此处可以加一个白云苍狗的空镜。

在后来无数次和电影投资人推杯换盏、觥筹交错、忽悠扯皮地寻找电影制作费用的时候,"金三角(中国)影视文化传播有限公司"(简称金三角影业)的三个原始股东常常反复说起他们在云南丽江那段惊心动魄、扣人心弦的酒吧大混战。

"那周星驰的电影到底好看不好看呢?"每个投资人都一脸懵懂地问。

"你说呢?"黄亚明叼着一根万宝路,跩跩地问。他手上戴了一个巨大的镶嵌着骷髅头的扁钻,仿佛随时要砸扁对方的鼻子。

"哼。"头发梳得油光发亮的吴海冷冷地哼了一声,跷起了二郎腿,脚上十几万块的意大利尖头皮鞋吊儿郎当地晃动着,仿佛随时可以像尚格云顿一样踢出让人断手折脚的回旋踢。

"莫提了,莫提了。"欧阳正德,也就是上文中出现的古怪老师,好整以暇地泡着工夫茶,露出了神秘而深邃的表情。

识趣的投资人赶紧换了个话题:"我们只谈赚钱,不谈从前。"

吴海和黄亚明对眼一笑。

时间闪回到那年那月那日,那地那人那事。

丽江酒吧里,吴海和黄亚明打得不可开交的时候,一身书生装扮的大学老师,教哲学的欧阳正德闯了进来。

"周星驰的电影到底好看不好看?"双方凶神恶煞地问。

"啥子?谁是周星驰?"欧阳正德正襟端坐地喝着水,一本正经地说,"我只知道周杰伦好嘛。"

在场几百号人剑拔弩张、风声鹤唳的气氛顿时凝固住了。

吴海狠狠地骂了一句："你是猴子派来搞笑的吧!"

而黄亚明早就无法忍受自己的偶像被如此无知轻薄的人亵渎,已经双手一扬,饿虎扑食般地跳向了欧阳正德。

吴海和黄亚明两方人马化干戈为玉帛,集中火力朝欧阳正德开火,把他当成了出气筒。

但是,他们都没有意料到的事情发生了!

咳咳,喝口茶,这个包袱等晚一点再抖吧!

2 飞越海峡两岸的催泪弹

临近春节。祖国东南的福建平潭。

黄亚明、吴海、欧阳正德鱼贯走进了"两马航线"海峡号的头等舱,目的地——宝岛台湾。

风萧萧兮,三人有种刘关张桃园结义的慷慨激昂。自从酒吧大混战后,他们不打不相识,心血来潮,居然做出了一个惊人的决定:三个人一起拍一部好电影!

说干就干! 一拍即合!

"我把丽江的酒吧盘掉了,因为出手急,只换了三百万现金。"吴海说。

"我把北京东二环的房子卖了,五百万。"黄亚明吐出一个烟圈说。

"我,我把大学的工作辞了,又找老婆要了点钱,总共是一百六十八万七千……"欧阳正德有点脸红。

"算你两百万。"吴海干脆地说,"三百加五百加两百,我们手头共有一千万 cash(现金)!"

"一千万可以拍一部电影了吧?"欧阳正德问。

"Impossible(不可能)!"吴海用标准的英文说,"在好莱坞,一千万人民币也就买一个一线编剧的剧本。"

"一千万可以起盘了。"黄亚明老练地拍了拍欧阳正德的肩膀,

"欧阳老师,你这个跨越海峡两岸的爱情剧本,写得还是很感人的。我看好你哟!"

"真的吗?谢啰。"欧阳正德腼腆地笑了笑,虽然在三个人里头,他的年纪是最大的,但是就社会阅历来说,他却是最少的。以前他住在大学的象牙塔里,现在他觉得自己像一头出来冒险的小野猪。

"小哥,甲板吹风不冷吗?"一个穿着花衬衫,镶着大金牙,台商样子的中年阿伯,叼着雪茄问。

"风冷,心不冷。"黄亚明文艺腔地拍了拍胸脯。

"后生仔,有胆!"台商问,"你们去台湾干吗? 旅游? 出差?"

"切,我穿开裆裤的时候就去过台湾了。"吴海不屑地说。

"不会吧,"台商说,"那时候还没'海峡号'吧?"

"他是福建人。"黄亚明坏笑地说,"偷渡去哪里,都跟走个后门一样。"

"听你的口音,你是北京人喽?"台商问。

"被你猜中了!"黄亚明拍了拍欧阳正德的肩膀,"他是四川人,我们三个,就是鼎鼎大名的中国金三角组合!"

"金三角? 好名字!"台商追问,"你们是做什么的? 不会是贩毒集团吧?"

"我是一个电影出品人。"吴海颇为自豪地说。

"我是一个歌手,不,不……"黄亚明咳嗽着说,"我是一个电影制片人。"

"他是出品人,他是制片人,那你是什么人?"台商怀疑地看着其貌不扬的欧阳正德,"特约演员?"

"我,我……"欧阳正德尴尬得像个西红柿人。

"他是我们的大编剧!"吴海大声地说,"我们要去台湾拍一个大电影!"

"电影? 什么名字?"台商的兴趣比他嘴巴里的槟榔味还浓。

"《飞虎之泪》!"吴海大声说,其他游客都被他们的对话吸引了过来。

"老虎怎么有眼泪呢?"台商问,"这电影说的什么故事呢?"

"这个电影讲的其实是一个真实的事情,"欧阳正德侃侃而谈,"小时候我家邻居是一个老奶奶,大家都叫她垃圾婆。她没有子孙,也没有丈夫,就靠捡破烂为生。但她很喜欢我,有时候不知道从哪里搞来水果,洗干净,削好了送给我吃。垃圾婆是街坊眼中的怪奶奶,她总是独来独往,有人骂她是倒霉星、扫帚星,甚至有人骂她是间谍、汉奸,邻居办喜酒都躲着她,不邀请她,甚至给她几块钱,让她去山上的庙里待几天。"

"她是疯子吗?"台商问。

"不,她不仅不是疯子,还能识字读书,而且会唱英文歌。"欧阳正德说,"后来我读完大学,回到老家教书。一天,垃圾婆突然一瘸一拐地到学校来找我。"

"找你干吗?"

"她要我帮她买去台湾的机票。"欧阳正德说,"我很惊讶,后来才知道,垃圾婆在七十年前,是一个大户人家的女儿,名字叫陈淑香。她有一个已经订婚的初恋情人,名叫萧定国,是一个王牌飞行员,还在飞虎队受训过。当年,国民党撤退时,萧定国去了台湾,他们从此失去了联系，但陈淑香一直在大陆等他，从黑发少女等到满头白发。后来，两岸坚冰融化，陈淑香终于得到了萧定国的消息，却得知他早已去世。美人迟暮的陈婆婆有一个坚定的信念，要去台湾祭拜她的初恋情人……"

"我在丽江听完这个故事，就决定要倾家荡产，把这个电影拍出来！"吴海说。

"这故事我听一次哭一次。"黄亚明动情地摘下墨镜说。

"真是太感人了。"台商掏出一张镀金名片，介绍说，"我姓牛，做牛排生意，家住台北，在大陆经商。大家都叫我牛叔。你们在台湾，如果有需要，随时找我帮忙。"

"我们缺钱。"吴海开门见山地说。

"这个电影要花多少钱？"

"五千万。"吴海说，"我们有一千万了。"

"台币？"牛叔问。

"人民币。"黄亚明纠正。

"我投你们一千万，"牛叔爽快地说，"台币。"

三个人还没反应过来，牛叔从皮包里掏出一沓厚厚的支票，当场撕了一张，签字画押，写下投资款给了吴海。

冷风吹，波浪滚，"海峡号"在阴天中像一柄开山斧，开往中国台北基隆港。

三人回到暖气十足的客舱里，彼此大眼瞪小眼。

"有人给我们的电影投钱了！"黄亚明拍着大腿说。

"So easy（简单至极）！"吴海眯着眼说，望着远方的大海，心潮澎湃。

"好故事果然能引起共鸣!"欧阳正德被这位初次见面的台湾同胞的知己情感动,忍不住眼眶含泪。

那天顺风顺水,才四个小时,船就开到了台北。吴海、黄亚明、欧阳正德顺利过了海关。

三人顺着人流往外走。在密密麻麻的人海中,吴海明显感觉到了一种文明的秩序。

"我们为什么要来台湾考察?"欧阳正德问,"如果要拍民国的戏,去横店啊。"

"你傻啊,这叫看景。"吴海说,"而且,我们不是要找演员吗?"

"嗯,这个女主角一定要找台湾的。大陆的花瓶女星欠缺内涵,没法演出民国大家闺秀的气质。"黄亚明自信地说,"放心,我已经委托了台湾娱乐圈的朋友,有点眉目了。"

"那男主角呢?"欧阳正德憨憨地问。

"在大陆找个年轻的就行,没有的话,在下就毛遂自荐了。"黄亚明臭屁地拍拍胸脯。

"唱歌的怎么演戏?"吴海翻白眼。

"你调酒的还想当导演呢!"黄亚明反驳。

"你们两个都是半路出家,我好歹是大学老师,写剧本还算是老本行。"欧阳正德耸了耸肩膀。

"但你是教哲学的呀!"吴海和黄亚明异口同声地说。

欧阳正德赶紧捂住他们的嘴巴:"文学也是哲学嘛!"

"哈喽!亚明哥!"一个穿着粉红色短裙,扎着两个小辫子,俨然小甜甜的大龄艳妇在码头出口,跳着朝他们招手。

"这就是我和你们说过的美玲姐了。"黄亚明介绍说,"她是台湾演艺圈的金牌经纪人,人脉通天,老少通吃。"

"她起码四五十岁了吧?"欧阳正德走近,推了推眼镜,大吃一惊。

"哎呀美玲姐,半年不见,你真是越来越年轻了!"黄亚明亲密地搂着美玲姐的肩膀,热情地说,"来,介绍一下,我们金三角电影公司的董事长,吴海先生。"

"美玲姐,请多照顾。"吴海绅士地欠了欠腰。

"哇,吴董真是玉树临风,鹤立鸡群啊。"美玲姐踮着脚,望着吴海一米八几的个子。

"这是我们的编剧老师,学富五车的欧阳正德,欧阳老师。"黄亚明介绍。

"哇,你穿得好像国父的秘书啊。"美玲姐看到欧阳正德的中山装,就忍不住想笑。

他们穿过拥挤的人群,来到停车场,挤进了一辆粉红的甲壳虫车中。

"本来安排你们住圆山饭店的,但是亚明说,要体会一下当地风情,所以我先带你们到一个温泉度假村去吧。"

车子开了两个小时,穿过台北的高楼大厦,经过干净而古老的大街小巷,迎着带着咸味的海风,终于来到一处荒凉偏僻的村郊。

下车的时候,一群海鸟呱呱地掠过天空。路边的棕榈树、椰子树、五线谱般的高压线,充满了热带风情。

"这个,不是请我们来拜拜的吧?"黄亚明望着村口斑驳潦倒的土地庙说。

"原生态啊!"欧阳正德打量着古朴的田园风光,闽南风格的红砖石头厝说。

"拜不拜随心。里头曲径通幽,好地方啦,好地方。"美玲姐下了车,把三个客人带到了日本风格的温泉度假屋。

此时夜色阑珊,里头灯火点缀,暖色调的灯笼挂了一长排,有海鲜食物的烧烤香味不知从哪里飘出来。

"美女们,出来迎接大陆的嘉宾啦!"美玲姐嗲嗲地说。

话音未落,一大波身着比基尼的台湾辣妹就从棕榈树后冒了出来,花枝招展地跑了过来,热情地兜住了三个男人,勾肩搭背地把他们迎了进去。

三分钟后,三个人被美女们脱光衣服,泡在温泉池里。

"我怎么总觉得不对劲,"吴海说,"这美玲姐想要干什么?"

"怎么把我的内裤也拿走了?"欧阳正德捂着下身问。

"这里是日式的,男女同浴。"黄亚明大咧咧地站了起来,甩了几下腰身。

吴海正靠在池边,喝着一杯高山乌龙茶,差点没喷了出来。

有性感美女过来给他们擦背,吴海给了点小费,打发走了。

"饿了,去吃点炒饭。"黄亚明泡了一会,起身离开。

"我也不泡了。"满脸发烫的欧阳正德拿起池边一杯可乐说。

他也冲凉去了。

吴海独自一个人泡在热气袅袅的池子里,月光照得池子银晃晃的,隔壁的花园传来其他池子里的欢声笑语。

不知道为何，吴海却莫名地感觉到一阵凄凉。他把头猛地扎进了滚烫的温泉池里，一下子就扎进了二十多年前冰凉彻骨的太平洋中。

乌漆墨黑的太平洋，波涛翻滚，汪洋恣肆。

一艘载满了土豆和猪肉的破旧货船，以慢得不可思议的速度在惊涛骇浪中摇摇晃晃地前行。

在货舱的最后一层，隔着旁边臭不可闻的厕所，几十个瘦骨伶仃的大人小孩瑟缩地挤在狭小的空间里。这已经是年仅十四岁的吴海第七次偷渡去美国了。

前面有两次刚上船就被抓到了，三次半路被海警抓到，还有一次离美国本土只有一百海里，却被海岸警卫队发现，功亏一篑！

"我一定要去美国！"吴海也不知道那是自己的声音，还是旁边偷渡客的声音。

一个福清的大叔昨天心脏病发作，当场死了。水手们把他用蛇皮袋装着，丢进了海里。一个寻找老公的连江妇女，有点精神失常，屎尿都拉在了裙子里，空气中恶臭无比。有个穿着唐装的老头子，起码八十岁了，一本正经，正襟危坐，在练气功。十几个孩子面有菜色，不时地呕吐几下。还有几个人在练习着发音欠佳的英语。

美国，许多中国人都是在电影里看到它的繁华富丽，高不可攀，宛如天堂。

我一定会到达美国的，我一定要去看一场好莱坞的电影……年幼的吴海恍惚地听着船外，一波波浪涛拍打船舷发出的催眠般的声音，昏昏沉沉地睡了过去……

晚上十点，三个人从温泉村酣畅淋漓地出来，坐了机车去附近一条步行街上吃夜宵。这里的夜市虽然没有士林的热闹，但也人烟辐辏，十分热闹。台湾的小贩用闽南语、客家话、日语和英语高声叫卖着。

吴海悠闲地啜着一杯椰汁。黄亚明手里攥着各种签子，什么鱿鱼串、墨鱼丸子等，欧阳正德抱着一碗福州鱼丸，吃得满头是汗。

"你没女朋友哦？"黄亚明看到一对恋人在互相喂酸奶，突然问吴海。

"不关你事。"吴海把刚喝完的椰子砸了过去。

黄亚明闪开，笑嘻嘻地说："告诉你们，刚才，我加了一个台妹的'非死不可'（Facebook）哦！嘻嘻嘻嘻！"

"关我什么事？"吴海白了他一眼，又被路边的美食给吸引过去了。

"你呢？"黄亚明问欧阳正德，"你不是结婚了？怎么都不见你给老婆打电话？"

"你真的很八卦！"欧阳正德拿着油腻腻的签子戳了一下黄亚明。

"我都很好奇呀。在丽江的时候，我和吴海两个人一起打你，居然都打不过你。看你文质彬彬的样子……"

说起丽江那一战，吴海和黄亚明本来互相死磕，被欧阳正德搅局后，两个人联手攻打欧阳正德出气。谁知道不出几个回合，两个人都被看起来弱不禁风的欧阳正德打得鼻青脸肿，遍体鳞伤。

"扮猪吃老虎呀！"吴海鄙视地说。

"要得要得,我乃是蜀山正传弟子嘛。"

"我还密宗大法呢!"黄亚明伸出一个中指。

"朽木不可雕也。"欧阳正德无可奈何地摆摆手,低头看一个像果冻一样的叫土笋冻的食物。

"三个男人不好玩,没搞头啊!"黄亚明的手机刚好响了,低头一看,是刚才那个美女发来的信息,就打了个车回温泉宾馆了。

吴海和欧阳正德逛了半天夜市,吃饱喝足,一起步行回去。

"说真的,海兄,你觉得我的那个剧本怎么样?"欧阳正德没底气地问。

"老虎的眼泪,总好过鳄鱼的眼泪。"吴海看着欧阳正德一脸担忧的表情,笑着说,"开玩笑了,真的好看哪! 我们一定要拍出全世界华人都爱看的华语电影! 你看这个繁华的夜市,那么多人来参观,我们都分不清谁是台湾人,谁是大陆人,华夏同源,一衣带水,大家都是中国人。"

"海兄,你是美籍华人,说话怎么这么像'中央电视台'?"

"哈哈哈,Check! 我爱台妹,台妹爱我,我爱祖国,祖国爱我……"吴海比画着,忍不住来了一段嘻哈说唱。

望着天上的一轮银月,澄清玉宇,欧阳正德清了清嗓子,激扬雄壮地唱起了川剧:

这一拜

春风得意遇知音

桃花也含笑映祭台

这一拜

保国安邦志慷慨

建国立业展雄才

展雄才

这一拜

忠肝义胆

患难相随誓不分开……

　　两人一路插科打诨地回到了温泉度假屋,皎洁的月光把身影拉得老长。吴海又莫名地伤感,指着地上的影子说:"你看,一半在现实,一半在虚幻。"

　　"不,一半在过去,一半在未来。"欧阳正德说。

　　走回房间,在隔音不佳的走道里就听到了黄亚明夸张的摇滚鬼叫。

　　吴海和欧阳正德相视一笑,分别走回单人房,关灯休息。

　　欧阳正德很快就心无旁骛地入定了。自从十二岁那年,在四川峨眉山脚下碰到师父,他就从来没有间断过气功的修炼。为学日益,为道日损。如今,也是他入世的一场修行。

　　而吴海心中,却是一夜台风肆虐、狂澜大作的太平洋。

　　第二天睡到日上三竿,美玲姐打了七八个电话,黄亚明才极不情愿地起床。

　　他们又像沙丁鱼一样挤进了粉红甲壳虫,爬往热闹的台北市中心。

　　到了西门町的一处花园豪宅别墅,美玲姐泊好了车,按了门铃,一个穿着老式西装,外表忠厚的管家老伯打开了洛可可式、爬满藤蔓植物的铁门。

"我们来这里干吗?"欧阳正德问。

"哦,这是台湾当红女星王倩雯的家。"黄亚明吊儿郎当地说。

"我们要请王倩雯当女主角?"欧阳正德说,"我,我很喜欢她。"

"你不知道周星驰,却知道王倩雯?"吴海不信地问。

"是啊,我不常去电影院,但是电视台黄金档播过她演的连续剧。我是看着她出道,一步步地从青春偶像剧的新人成为电视剧女王的。"欧阳正德激动地说。

"干!说得是你干女儿一样。"黄亚明乜斜了一眼欧阳正德。

"她会不会很贵?"吴海小声地盘算道,"我们现在只有一千二百万。"

"放心好了,只要签下她,回大陆,一个亿随随便便啦!"黄亚明打着包票说。

"有眼光!"美玲姐像米老鼠一样,察言观色地附和。

"她开多少片酬?"

"五千万!"美玲姐叉开胖嘟嘟的手掌说。

"什么?"三个男人像蚱蜢一样跳了起来。

"台币啦。"美玲姐弱弱地说,"如果不是我和她老公熟,她起码开八千万台币。"

"她老公就是那个开连锁面包店的花花公子,人称台北夜店小王子——李似聪嘛!"黄亚明说,"我在北京和上海的顶级会所也碰见过他几次,出手真阔绰,一言不合就包场。王倩雯真是嫁入了豪门。"

说话间到了门口,早有两个东南亚的用人过来,帮忙换了一次性的鞋套。

挑高六米的别墅,真是高贵典雅,金碧辉煌。各种中国古董,欧洲水晶,中东地毯,南美野生动物标本等等稀奇古怪的陈设显得气派不凡。透过月墙,后院里还停着十来辆古董汽车,最新的是特斯拉顶配,以及一辆蝙蝠车。

"你们都看得出来,没有五千万,不配她的身价。"美玲姐添油加醋地说,"她老公送她一个包包都上百万了!"

用人引领他们到了宽敞的会客室,不过看装饰更像平时打麻将的场所。墙壁上装模作样地放了一些大部头的经典书籍。欧阳正德打开一看,只有封面,里头是无字天书。

"原来是道具。"黄亚明忍不住笑喷。

王倩雯还没来,她老公也不在家。美玲姐看了五次表,喝了三杯茶,两杯咖啡,才有人从楼上姗姗下来。

三个男人像受到英国女王接见,激动地站起来,来的却是一个短头发、穿女式西装、十分利落的中年职业女性,很像香港 TVB 的某个职场戏女演员。

"内地来的贵客,有失远迎。我是王倩雯的嫂子,也是她的经纪人——丹妮。"丹妮坐在主位上,泡茶的动作娴熟优美。

"丹妮姐好。"美玲恭敬地问候。

"王倩雯呢?"黄亚明有点不爽。

"她还在化妆,过会下来。"丹妮抱歉地说,"女人嘛,爱美是天性。"

"你们看过剧本了吧?"吴海说话的嘴唇像一把尖刀。

美玲姐也露出谄媚的微笑，期待地看着丹妮发话。

"呃，我看完了。"丹妮沉吟了一下说，"说实话，我每月要帮倩雯看近百个剧本，你们的这个本子，虽然不是很专业，但是故事真诚地打动了我。"

"哦!"欧阳正德长长地松了口气。

"一段跨越历史恩仇，感动海峡两岸的战争爱情电影。"丹妮总结说。

"我们很有诚意邀请王倩雯女士担任这部电影的女主角。"吴海乘胜追击地说，"刘德华和张学友都有意当男主角，李安和张艺谋都想来当导演，还有袁和平当我们的美术指导……"

"是张叔平吧?"丹妮问。

"袁和平是动作指导……"黄亚明戳着吴海的脊梁骨小声说。

"呃，差不多了。"吴海激动得连珠炮似的说，"《飞虎之泪》是我们公司的开山之创，发轫力作，一拍出来，肯定震惊天下，什么金鸡、百花、金像、金熊、金龟子奖，戛纳、巴黎、奥斯卡都是囊中之物……"

黄亚明听得口干舌燥，一口喝掉了面前的高山乌龙茶。

欧阳正德踢了亢奋过度的吴海一脚，心里嘀咕：过犹不及，且慢且慢。

"这个……"丹妮打断吴海问，"贵公司以前有过什么作品?"

"暂，暂时还没有。这是我们的处男作，一定会一举成名，一炮打响!"吴海信誓旦旦地承诺。

"我们已经筹备了很多年，"黄亚明赶紧补充，"那个什么鸟，好多年不叫……"

"不鸣则已，一鸣惊人。"欧阳正德说。

"嗯嗯，"丹妮斟酌了一下，调整了一下臀部的坐姿，有点不耐烦地说，"我们家倩雯的档期很满，已经排到了三年之后。"

三个男人面面相觑。

美玲姐赶紧打圆场："哎哟，丹妮姐！其实这个电影剧本真的很感人，很适合倩雯的，她是电视明星出身，在电影界也需要有一个好的作品才好立住山头。"

"我们再考虑一下吧。"丹妮见茶杯空了，却并不续水，明显对吴海等人不信任。

"开个价吧！"吴海单刀直入地说，"片酬多少钱？"

"这不是钱的问题。"丹妮老江湖地说。

"那就是多少钱的问题。"黄亚明咬着牙说。

"实话说，你们是新生公司，"丹妮尽量显出诚意说，"娱乐圈不是那么简单的，否则我们早就自己拍电影了。"

"你觉得我们是绿手？"吴海问。

"什么绿手？"欧阳正德小声问。

"Green hand，就是菜鸟。"美玲姐解释。

"剧本确实不错，但是你们目前的团队……"丹妮保留了几分颜面，委婉地说，"我想我们以后有机会……"这分明是赶人了。

黄亚明摸了摸鼻子，欧阳正德的额头上都是豆大的汗，美玲姐也急得坐立不安。

"两千五百万！"吴海喊。

"什么？"美玲姐叫了起来。

"两千五百万台币！"吴海郑重地加大筹码，"定金！"

"这么说……你给倩雯开的片酬是……"丹妮问。

"对！八千万台币！"吴海夸下海口，"三成定金！两千五百万！今天就付款！"

"今天！"黄亚明和欧阳正德异口同声地喊。

美玲姐的嘴巴大得可以塞一个苹果。吴海太不按常理出牌了，还没谈合同，就要付钱？

"Really？"丹妮姐原本白皙的脸也红成了番茄。

"君子一言！"吴海敲了一下桌子，"拿合同出来！"

"这个……兄弟，我们没带合同来。"黄亚明小声提醒。

"正德，马上写！"吴海命令。

"我，我没带纸笔。"欧阳正德尴尬地说。

"我有带笔记本。"美玲姐说。

"书房有打印机。"丹妮露出了一个台南垦丁的灿烂无比的太阳花笑容。

短短的一个下午，仓促的一次面谈，吴海花了两千五百万台币，折合五百万人民币，支付了电视明星王倩雯的定金。

一半的钱用了台商牛叔的支票，一半用了吴海美国花旗银行的维萨卡。

签约后，吴海代表金三角影业和丹妮郑重握手。一旁的美玲姐也乐和乐和，像个皮球一样旋转身体，忙着沏茶倒水。按照行规，百分之十的佣金是少不了的。

"那我们就谈好了，下半年，王倩雯小姐给我们保留电影档期。"吴海说，"其他拍摄前期的工作，我们就回大陆准备了。"

"那就拜托给你们了。"丹妮姐把支票攥得紧紧的,笑逐颜开地鞠躬说。

"那我们就告辞了。"吴海起身。

"我们好像漏了什么事情?"黄亚明走了一步,回头提醒。

"是啊,我们连王倩雯小姐都没见一面。"欧阳正德说。

"对啊,我怎么忘记了? 我,我这就叫她下来。"丹妮一路小跑,上楼请了女明星下来。

只见王倩雯穿着宽松的家居服,脸上贴着面膜,在家里还戴着一副墨镜,脚上一双卡通毛拖,露出瘦瘦细细的雪白脚踝。

"你不是替身吧?"吴海有点失礼地开玩笑。

"你的脸怎么了?"黄亚明看出了异常。

"哦,上周骑马的时候,不小心摔了。"丹妮支支吾吾地解释,"放心,在进组前,一定能恢复她水嫩水嫩的花容月貌。"

"我已经看完《飞虎之泪》的剧本了。"王倩雯挤出一丝职业的笑容说,"看完我哭了一个晚上。哪位是编剧老师?"

"是我是我。"欧阳正德伸出手来,和王倩雯握了个手。

她的手柔软而冰凉,欧阳正德敏感地察觉到了什么。黄亚明也想和她握手,王倩雯却已经触电一样地缩回了手。

"走啦! 后会有期! 大陆见喽!"吴海喜不自禁,和丹妮等人告辞,算是打下了漂亮的第一仗。

那天晚上,美玲姐带他们去忠孝东路一家日本人开的居酒屋吃饭。吴海故意在路边买了一锅茶叶蛋,一个个连皮带壳地吞下去。黄亚明就点了好几道人体盛刺身,从头吃到脚。美玲姐笑嘻嘻地招呼:"今晚我埋单,大陆的同胞吃好喝好,一会还有节目安排啊……"

"我去上个厕所……"欧阳正德扶着满墙日式的浮世绘摸索着,逃出了居酒屋。

欧阳正德醉了。这个灯红酒绿、人来人往的台北,好像和他印象中侯孝贤、杨德昌、李安镜头里温良淑俭、充满民国风味的岛上城市不大一样,乍一看,仿佛是大陆沿海一带的二三线城市。台湾曾经是亚洲的四小龙,但随着祖国大陆的崛起,两岸的距离在渐渐地缩小。

欧阳正德想起了自己的八十年代。那时候他还在读高中,可以背诵北岛、舒婷、郑愁予的诗歌。但他觉得只有他自己写出来的才是呱呱叫的好诗。同学们都喊他"欧阳疯",《射雕英雄传》里那个厉害到邪门、倒行逆施的老怪物。

> 我是一阵疯狂的大风
>
> 从黄土高坡到大兴安岭
>
> 都传说我开天辟地的壮举
>
> 吹瞎蚩尤的狗眼
>
> 刺痛庄子的心窝
>
> 掀开胜者为王,宫阙万间的遮羞布
>
> 刮了五千年的腥风血雨啊!
>
> 其实都是一句
>
> 查无此人的情话……

很多女生喜欢欧阳正德,有个女生写信给他说:"我们私奔去台湾吧,去看看日月潭。如果你爱我,我们就在日月潭结个草庐,过一辈子。如果你不爱我,我就跳进潭里,化作阿里山的一滴眼泪。"

欧阳正德已经忘记了那个女孩的原名,他那时叫她阿竹。传说湖南有湘妃竹,竹上满是泪斑,满是思念。

绿油油的青春诗篇里,阿竹的皮肤雪白雪白的,但有人告诉他,阿竹的爸爸,是一个煤矿工人。

黑漆漆的煤矿啊,产出了多少黄灿灿的财富、灰暗暗的担忧和血淋淋的事故呀。欧阳正德望着台北街头的红绿灯,陷入了精神分裂般的恍惚。

那个晚上,还是醉醺醺的吴海埋单的。黄亚明带了一个女服务生回酒店,欧阳正德是被一个好心的出租车司机,根据他口袋里的酒店名片送回去的。

后面几天,三个人先后造访了台北"故宫"、日月潭、阳明山等常规路线。让他们难忘的是昭忠祠里密密麻麻的抗日烈士的牌位,至少还有人记得他们的名字和做出的牺牲。

三个男人也去眷村考察了一下,那些充满艺术想象的涂鸦墙,那些淘汰的飞机大炮,那些天真无邪的台湾小孩,那些咿咿呀呀的本土民歌,给他们留下了美好难忘的印象。

"《飞虎之泪》,我们一定要拍出最牛的电影!"吴海振奋地扬起双臂,朝天空怒吼。

"我们是最牛的电影人!"三个人像吃了药一样在纪念堂前喊,

不少游客都奇怪地看着他们。

　　天空有一架架载满游客的飞机掠过，仿佛又回到了那硝烟弥漫的抗日年代。

3 娱乐圈新贵

金三角影业的三个创始人乘坐长荣航空的航班,飞回东方之珠——上海。

吴海本来让美玲姐给三个人买三张头等舱机票,但因为时间仓促,只买到一张,黄亚明和欧阳正德只能坐商务舱。

吴海独自在台湾空姐的殷勤招呼下,挪到飞机前头的头等舱去了。

黄亚明一上飞机,就戴上耳罩,听歌睡觉。据说他以前坐一次飞机,都能约到一个空姐吃饭。不过后来吃得多了,就没了新鲜感。而睡觉看起来千篇一律,每次做的梦却千变万化。

而欧阳正德坐飞机的习惯是看书,他坐一趟飞机,能看完一本书,阅读速度十分惊人。

两个小时后,飞机抵达上海浦东机场。

在机场大厅会合后,吴海问:"我们现在还有多少钱?"

"本钱一千万,加牛叔投的两百万,这次给了王倩雯五百万,美玲姐五十万中介费,吃喝拉撒住行杂七杂八五十万,现在我们还有六百万。"黄亚明说。

"等我们回北京注册公司,租房子至少一百万,请员工一百万。搞个电影启动仪式,开机发布会,个个都是钱……"欧阳正德掰着指头算。

"哈哈！知道吗？刚才我在飞机上遇到了一个土豪！"吴海激动地说，"他要投我们一个亿！"

"什么？"黄亚明和欧阳正德都听傻了。这电影圈的钱就这么好赚吗？还是傻人福气多？

"你们俩，别摆死鱼眼给我看。"吴海瞪着眼，掏出一张镏金名片说，"看！大江集团的高总！"

"大江集团高级总裁，高仁。"黄亚明念着名片说，"就是那个在黄浦江边有一排大酒店，高级会所，靠外贸货运起家的大财团？我还去他们的年会走过穴，唱过歌呢。"

"你看，我们仨真是兄弟齐心，其利断金！这个《飞虎之泪》，绝对能很快融资，顺利拍摄出来！"吴海信誓旦旦地说，"高总明晚请我们吃饭，兄弟今晚好好休息，明天紧锣密鼓接着干。"

"可是我们买了明天回北京的机票啊。"欧阳正德说。

"我明天在新疆吐鲁番还有一场演出。"黄亚明为难地说。

"现在大局为重！"吴海简单明了地决定，"退票！"

"老吴，你不要让我在演艺界混不下去啊。"黄亚明不想违约。

"放心吧，老黄！跟着我拍大电影！许你一个锦绣前程！未来不是梦！"吴海拍着黄亚明的肩膀说，"兄弟，这些年从南到北，从北上广深到县城乡下，你跑了那么多城市，赚了多少辛苦钱？你都几岁了，你还想接着跑演出，直到胡子都白了，尿尿滴湿鞋？"

黄亚明显然被说中了心事，低头打开手机里的 APP 订单，取消了机票，又发了一条信息给他的演出经纪人小不点，说他在上海遇见了一个老情人，就不去外地演出了，让他临时找人顶替。"新疆没人认识我，实在推不掉，你穿着我的衣服上去假唱就行。"

"希望老吴你碰到的不是骗子。"欧阳正德认真地说，"一个亿，可不是用嘴巴吹出来的。"

"我也有两个亿，一个是失忆，一个是追忆。"黄亚明以四十五度角仰望远处的黄浦江。

"Cut the crab（少废话），咱们骑驴看唱本，wait and see（走着瞧）！"吴海用地道的美国腔说。

他们入住豪华的洲际酒店套间，睡到第二天下午，才一起吃了个下午茶。黄亚明轻车熟路，用打车软件包了一辆豪华奔驰商务车，开到了东方明珠塔。

"这是我们吃饭的地方？"欧阳正德看着陆续散场，多到让人头皮发麻的密集游客问。

"哇，真高！"黄亚明有点恐高，因为一出道，他听说 Beyond 的黄家驹是从舞台上跌下去的，陈奕迅也曾经跌伤了，他就下意识地远离高台。

"高总叫人把明珠塔的顶层清场了，整家旋转餐厅都为我们服务。"吴海打了高总留的电话，果然有个长相清秀、西装笔挺的小伙子下来，他自我介绍叫小马，"小马哥的马"。

"就是当牛做马的马了。"黄亚明调侃说。

"也对。"小马的脸红了，低着头带三人进了东方明珠塔。

欧阳正德望着玻璃窗外陆家嘴那一排耸立的高楼大厦，不由得想起了西部的小县城老家。小时候，班上写作文《我的梦想》，欧阳正德写的就是：我要去上海看一看那里的高楼大厦，还有滚滚不绝的黄浦江……

上大学以后,欧阳正德找了一个暑假,自己坐着绿皮火车,三天三夜吭哧吭哧地从西部来到了上海。在繁华的福州路上,他一问路,就得到了一个鄙视的白眼。他自己捏着地图,颤巍巍地摸索到了黄浦江边,才发现江水异常平静,根本不像周润发演的电视剧里那样波谲云诡,巨浪滔滔。

"你只看到表面的繁华。"吴海的话打断了欧阳正德的思绪,"上海至今还有人住在小巷平房里,大清早还要出来倒马桶。"

黄亚明捂着鼻子说:"一会饭局别点上海小馄饨啊,那老是让我想起马桶里的卫生纸。"

到了顶楼,一片灯火通明,楼盘如笋,黄浦江如一条丝带蜿蜒纵横,围绕高楼林立的上海市区。对面一大群摩天建筑代表着人类蓬勃无度的欲望与对大自然的贪婪索取。

"高老,让您久等了!"小马推开餐厅的门,整层餐厅灯火通明,只为高总接待电影圈的新锐客人。

"各位艺术家,久仰久仰。"高总个子不高,一米六多,身材臃肿,戴着一副圆圆的黑色玳瑁眼镜,像发了福的曾志伟。

"菜我已经点好了,大家请入座吧。"高仁旁边还有几个西装笔挺的人,一看就是金融界的精英。

高总先把他带来的翘楚介绍了一下,有一个是手握几十亿基金的朱茂盛朱总,有一个是房地产大开发商娄发才,还有一个半老徐娘,在上海开连锁酒吧的,叫 Mara。其余还有几个老奸巨猾的中年人精,都半信半疑地打量着吴海三人。

"我是吴海,从美国回来的。我和我的一帮兄弟,决心拍出可以和好莱坞抗衡的电影作品!"吴海振奋人心地说,"这是著名歌手黄亚明,江湖都说南有黄耀明,北有黄亚明。他出道的时候,汪峰还叫他哥呢。"

黄亚明笑嘻嘻地看了一眼穿着高衩旗袍、姿色诱人的上海女服务员,欧阳正德赶紧捏了一下他的大腿。

"这是我们公司的文化总监、首席编剧,来自巴蜀四川大学的大才子。他爷爷和郭沫若是同学,他爸爸管巴金叫叔叔。身为四川最年轻有为的教授,现在却从象牙塔出来创业,跟着我搞电影,大家来点掌声给我们的欧阳老师!"

一阵稀稀拉拉、夹着干笑咳嗽的掌声响起。欧阳正德话不多,只正色拱了拱手。

大家免不了虚伪地客套一番,入座后好酒好菜就送了上来。不外乎波士顿龙虾、北极大章鱼、东洋天妇罗、南洋大海参、江南十八道名菜、姑苏三十六小碟,以海鲜为主,食不厌精,脍不厌细。

酒过三巡,吴海举杯说:"不如我给大家说说我们现在的电影项目?"

其他人酒足饭饱,纷纷点头。

"故事就不听了!"高总意外地阻止说,"没有一部电影开拍前,主创人员觉得是不好的。就像再丑的女孩子,脑袋瓜里想的婚礼也是梦幻浪漫的,所以才有那么多傻女孩看偶像剧。对了,你刚才说那个女主角叫啥?"

"王倩雯。"

"对,王倩雯。"高总接着说,"在外人看来明星高高在上,在我们看来,只要肯出钱,明星招之即来,挥之即去。这个王什么?"

"王倩雯。"黄亚明觉得全身燥热,坐立不安,高总这不含沙射影吗?

"对,王倩雯。我集团的一家子公司就请她来参加过开业典礼。她的经纪人提了几十个规矩,什么不许发没有 P 过的照片,时间不超过一小时,晚上不一起吃饭。后来我让小马给她经纪人加了一百万酬劳,只是台币哦。后来那场典礼办得开开心心、热热闹闹的,她一个屁都不敢放了。"

"明星就是古代的戏子嘛!"朱总添油加醋地说。

"哈哈,其实我闸北的那个女朋友,就是个香港的小明星啊。"娄先生趁着醉意说,"你这个电影,我可以投一点,但是肯定要给我单独和女主角安排一个饭局……"

"没问题。"吴海接着说,"高总不听故事,那我们就说说回报。《飞虎之泪》投资八千万,其中演员薪水两千万,制作三千万,宣传三千万,预计票房至少五个亿……"

"你说多少就多少哦……"朱总小声嘀咕。

"按照影院票房的分成比例,我们至少能赚三分之一,也就是一点七亿,减掉八千万成本,我们至少能赚一个亿!"吴海信誓旦旦道。

"周期多久?"娄先生问。

"这个比盖房子快多了。一个月拍摄,两个月做后期,半年内上影院,半年后回款。也就是最长不过一年。"吴海说。

"投八千万,赚九千万,这利润可以嘛!"朱总琢磨,"你明天把电影方案做个 PPT,我让基金公司的同事研究一下。说实话,以前我们投实体项目多,文化项目还比较少。"

"凡事都有第一次嘛。"高总瞥了一眼看上去像没成年的女服务员,暧昧地笑了笑。

"看来拍电影就是抢钱啊,比炒楼还好啊。"娄先生表现出了浓厚的兴趣。

双方又喝了一轮酒。黄亚明的酒量很好,千杯不醉,那一伙老头子都有点晕了。但黄亚明一直提醒自己:姜还是老的辣,他们都是装晕而已。

欧阳正德也陪了不少酒,觉得舌头都大了,倒真是醉了。

聊了一个晚上,吴海也是满脸通红,他也看出来了,高总自己并没有投资的意愿,只是带了一拨人来借花献佛,又或者说,借刀杀人。

"我问你一个问题啊。"高总像挥舞大刀一样,挥着大手问。

"谨闻教诲。"

"小吴,你说这个什么老虎的眼泪,这个电影这么牛,但是即便拍出来票房很好,也就是昙花一现。你怎么能持续地做下去呢?我的意思你明白吧?"高仁指着塔外绽放的烟花说,"一下两下,every dog has his day(是条狗也有走运的一天),它怎么能保证天天有肉吃?"

吴海被问蒙了,他确实没考虑那么长远。

"高总的意思就是你们的电影公司,怎么做到可持续、稳定发展,迅速变大变强。"朱总分析说,"做生意,其实就要顺应时代。但潮流是瞬息万变的,现在大的影业公司这么多,有万家文化,有姐妹影业,有开心传媒,你们不过是小蚂蚁,怎么撼动大树?"

"这个……"吴海被问倒了,但还是争辩说,"没关系,只要有了成功的第一部,我们就可以像好莱坞一样拍续集,还有外传、番外篇。电影卖座了,还可以拍电视剧、网剧,还可以销售海外版权嘛,还可以盖主题公园嘛。"

"公园要拿给我盖哦!"娄先生激动地说。

"嗨,想那么远干吗?我们先一步一步来,拍好眼前的再说。别想太多,不然啥都干不成!"黄亚明有点高了,不耐烦地说,"喝酒喝酒!"

"千里之行始于足下。不积跬步,无以至千里。"欧阳正德也只能文绉绉地应付。

几个大佬你看看我,我看看你,明显不是太满意这个答案。

"来来来,干杯!庆祝我们的金三角影业红红火火,一炮冲天!"高总老油条地举起了酒杯,大家觥筹交错,满面春风,无醉不归。

那一顿饭,高总把握全局,朱总有事先走了,娄总埋单的时候上厕所去了,Mara 在阳台接电话,最后还是吴海埋单的。

三个男人下了塔,沿着黄浦江落寞地走着,夜已经深了,冷风一吹,倍感凄凉。

桥边有几个年轻人,朝着黄浦江喊:"上海!我一定要征服你!"

"今年一定能买房!"

"我的儿子一定是上海人!"

黄亚明叫了辆的士,三个男人钻进车里,回到了酒店。司机好像故意绕道了,短短两条街花了两百块。

吴海一夜无眠。黄亚明倒头就睡。

欧阳正德也睡不着,上网又买了好多本书,什么《电影基础理论》《麦基的故事》《怎么拍电影》《一天变成电影人》,连周星驰推荐的《演员的自我修养》也买了。

讲真的,欧阳正德觉得三个人空有雄心壮志,有一腔热爱电影的赤子之心,但在资本角逐的疆场上,三人明显是三匹嫩得出水的青草苗。

第三天中午,他们从虹桥机场飞往北京。

吴海和欧阳正德住在东城区的一家涉外酒店公寓,黄亚明说他要回家。

"你不是把房子卖了吗?"吴海问。

"我女朋友家。"黄亚明打了个响指,暧昧地说。

"这小子,到哪里都有家。"欧阳正德说。

"喂,你怎么不给老婆打电话?"吴海问。

"你管我。"欧阳正德闷闷不乐地回到酒店,叫服务员送来一桶矿泉水,从行李中取出一包陈年普洱,烧茶喝。

欧阳正德很崇拜日本一个叫利休的茶神,当年织田信长也称赞他"只有美可以让他低头"。利休是那种看透天地万物变化,把人生哲学融会贯通于饮茶的每一个细节的天才。

欧阳正德觉得自己的创业就是在修行。娱乐圈是个大染缸,他以前是个老师,但奋不顾身地跳进去后,是否还能不染淤泥地出来呢?

水开了。欧阳正德掰开一片普洱,正襟危坐地丢了进去,仿佛撒下一瓣梅花,仿佛丢下一把鱼饵。有一刹那的恍惚,他觉得烦躁的自己变成了一片飘浮于太虚的茶叶。

小时候,喝茶是极其奢侈的事情。那时候不要说茶叶,连清水都是十分罕见的。

欧阳正德的出生地其实不是繁华的成都或者有名的山城重庆,而是云川交界的地方——攀枝花。据说这个地方的名字还是毛主席起的,原来十分荒凉偏僻。中华人民共和国成立后,那里建起许多煤矿,而欧阳正德的父亲就是一个煤矿工人。

每天爸爸出门,奶奶都要给家里的祖宗牌位烧个香。欧阳正德的妈妈每天念叨说:"阿德,你要好好读书,不然像你爸那样做牛做马在地底下干活,一个月还赚不了几块钱,连口干净的水都喝不起……"

年幼的欧阳正德还不知道那时候由于盲目开矿,村里的水源已经被严重污染了,他们要去很远的地方买井水回来做饭。最久的一次缺水,欧阳正德一个月没洗澡,全身长满了墨色的虱子。

父亲本来是个安分守己的人,但是煤矿主实在欠揍,过年了工资也不发,平时在矿场也是自己吃肉,工人喝粥,还把其中一个老矿工的来探班的女儿给强奸了。

父亲气不过,带领一帮血气方刚的年轻工人冲进矿主的家里,几句话不投机,拿起一个铲子把矿主的头给砸了。父亲被判了十年刑。上学回来的欧阳正德刚好路过那栋发生命案、人头攒动的别墅,他看到木讷的父亲被警察戴上了手铐,满脸脏污又洒满阳光。

"十八年后,还是一条好汉!"父亲高昂着头喊。

然后在混乱的人群中,欧阳正德看到了一张清秀白皙、默默哭泣的脸,那张脸的主人是他的同学——阿竹。

　　原来他们说阿竹的爸爸也是挖煤的,只说对了一半,她爸正是那个指挥挖煤的煤老板。

　　欧阳正德忘不了阿竹泪水流淌的脸,忘不了阿竹幽怨无助地瞥了他一眼,又惊慌失措地站在人潮之中的画面,就像一个悲剧电影的结尾定格在他的青春期狗尾巴上。

　　"唉!"往事如烟,欧阳正德叹了口气,一口气喝干了杯子里的茶。

　　也许,是该给老婆打个电话了。虽然准备离婚,但好歹一日夫妻百日恩,这么久出门在外,还是要给她一句口信。

4　我的韩国女友

黄亚明的确把朝阳区那三室两厅一百三十平方米的豪宅卖了。

今晚他睡在通州,一个韩国人比中国人还多的社区。

"智丽,智丽,开门! 开门!"黄亚明踢着门。

旁边一个满脸络腮胡子的大叔拎着啤酒瓶打开门,里头传出足球比赛的声音。"还智利呢! 你咋不喊巴西开门呢?"

门终于开了。一个满脸贴着黄瓜片、栗色头发、胸部丰满的年轻女孩,把黄亚明拖了进去,用不大标准的普通话说:"明哥,你给我小声点,不要打扰到邻居。"

"哈哈哈,你们韩国人就是有意思,在舞台上大吵大跳,回到家就像一只猫一样。"黄亚明啃了智丽充满胶原蛋白的脸颊一口。

"表演是表演,生活是生活。"宋智丽认真地说,她有一张娃娃脸,五官精致,就是鼻子稍微有点塌,这更证明了她未经整容。但她有一双迷人的大长腿,身材火辣,前凸后翘。

宋智丽是一个专业舞者,和黄亚明是在威海的一个小演出上认识的,以黄亚明超凡脱俗的勾搭本领,两人回京后很快就同居了。黄亚明狡兔三窟,处处风流。但宋智丽并不介意,她接受的韩国教育仿佛还停留在中国的封建时代,男人三妻四妾并没有什么,反而证明了他的实力和魅力。

宋智丽甚至在黄亚明的行李箱里放过安全套。不过后来每次回来看他都没用,就不放了。她不知道的是,其实黄亚明每次都用超标了,然后又买了一打新的放回去。

"你的那个电影怎么样了?"宋智丽倒了一杯果汁问。

"去台湾走了一趟,签了女主角,在上海走了一趟,签了一打的埋单。"黄亚明叼着牙签,嘻嘻笑着,狠狠地捏了捏智丽的鼻子,"哎哟,是真的哦!"

"讨厌死啦。对了,你说,我如果去学表演好不好?"宋智丽撕下黄瓜面膜,认真地问,"电影学院还是中央戏剧学院好呢?"

"什么?"

"我说,如果我不跳舞了,去当演员好不好?"宋智丽认真地问。

"这个……"黄亚明的眼珠子滴溜溜转了几下,突然露出一副猴急的表情,搂住了宋智丽的蜂腰,"行啊,小丽丽,今晚我们试一下床戏……"

"滚开啦!"宋智丽嗔怒地推开了黄亚明,捂着鼻子说,"臭死了,快去洗澡,内衣裤都给你准备好了。"

"不一起鸳鸯双飞吗?"黄亚明撒娇地嘟起了嘴。

"哎呀,欧巴啊,你这人真是烦死了……"宋智丽半推半就地脱下了深 V 的镶亮片 T 恤,露出了一对小兔乱跳的雪球。

有钱能使鬼推磨,金三角影业公司的注册很顺利地完成了。黄亚明找了专业的代办公司,专门飞了一趟新疆的霍尔果斯,那里对电影产业有减税扶持政策,但平时办公还是在北京。注册资本是一千万。吴海占百分之五十一的股份,黄亚明和欧阳正德各占百分之十五。还有百分之十九,吴海说要留给其他投资人,以及拉拢一些有利用价值的人。

黄亚明以前开过文化传播公司,宣传自己的唱片,组织过一些走穴商演活动,所以几个基本岗位都招到了人。

总经理就是黄亚明的经纪人小不点——肖宝典,他一米六不到,以前是大学学生会的主席,读书很好,近视眼镜比字典还厚,有点像周笔畅,鬼点子特别多。

制片主任是黄亚明的一个死党——胖子大熊,他以前是个鼓手,对娱乐圈的三教九流都很熟悉。

宣传总监叫 Linda,实际上就是个东北人,记者出身,包装(忽悠)很有一套,主持过黄亚明卖得最好的一张唱片的宣传。

财务是个五十岁的老男人,名叫沙豹,名字这么霸气,却是个秃头的老同性恋,没事老捏着兰花指,叽叽歪歪。

设计师是业余漫画家小晴,资深日漫迷,擅长各种美图软件。她居然是欧阳正德唯一从网上招来的人才。

还请了若干个业务员、司机什么的,二三十号人,俨然小有规模。公司的办公地址暂时在金融街,是黄亚明的一个姐们的商业房产。黄亚明自嘲说:"为了拍这个电影,真把娘胎里认识的七姑八爷都拿出来倒腾了。"

吴海自然是金三角影业的总裁,黄亚明是娱乐部的主管,欧阳正德是创作版权部的总监,这三把刚出炉的尖刀就磨刀霍霍,冲进五光十色的电影圈,准备大干一番了!

台湾一行,顺利拿到女明星王倩雯的演出意向合同,这让吴海信心百倍。回到北京后,又通过黄亚明约了一些投资人、专业人士等谈《飞虎之泪》,忙得连轴转。

经过一番应酬,这个剧本基本上得到了外界的一致认可,大家都挺看好这部电影。

"现在国家在扶持文化产业,这次我一定压中筹码了!"吴海信心百倍地以为。

而欧阳正德也把自己关在酒店里,闭关创作,废寝忘食,改了十几遍剧本,一直改到两眼发黑,一周瘦了十几斤。

也许是从美国回来的关系,海归总裁吴海对办公室文化的要求十分与众不同。比如他的办公桌就没有大别人一号,一视同仁,最大的桌子是设计师小晴的,因为她同时使用三台电脑修图。吃饭也是大家吃啥,他就吃啥,经常随便买个汉堡、三明治就解决了。

吴海也不要求大家朝九晚五地上班,除了通知开会,什么时间来上班都可以,只要把分内的事情干完。

由于公司目前的项目只有一个《飞虎之泪》,所以实际上并没有太多事情可以做。小晴就开始找一些素材,设计一些人物形象、海报什么的。

大熊也帮忙寻找各种潜在的投资对象。Linda 就到处联络制作公司、特效公司、发行单位,看看能不能众人拾柴火焰高。

这天,吴海刚见完一个原来卖猪肉、想转行拍电影的老板,累得把脚跷在沙发上休息,突然公司来了一号重要人物。

"哎哟!周书记!周书记来了!"公司的门口出现了一个年过花甲的老者,头发花白,国字脸,穿着中山装,一副笑眯眯的样子。

"周书记好。"公司里的每一个人都起身恭立。

周书记原名叫什么,很多人都不知道,他也不想让人知道。他是一个资深的退休老干部,平时住在北京香山脚下的一个山庄,有人提起他曾经是一个爱国华侨协会的书记员,常常往港澳台跑,所以大家都敬称他为周书记。

吴海和周书记是在美国华盛顿的一次华侨联谊活动上认识的。那时吴海刚到美国不久,穷困潦倒,有天就被人拉去参加中国驻美大使馆的迎接活动。那场活动举办得比较成功。周书记对玄学颇有研究,他看出吴海一表人才,面有异相,就在活动之后聊了几句,并留下了北京的联系方式,还鼓励他学好英语,"打入敌人内部",将来好报效祖国。

所以吴海刚到北京开公司,就打了个电话给周书记。没想到他老人家还记得吴海,很快就来捧场了。

吴海亲自带着周书记在崭新的公司里转了一圈。他也渴望创造一个崭新的电影时代。

"电影行业好啊,中国是个文化大国,你们要响应国家号召,传播优秀传统文化的重任就交给你们了!"周书记打着官腔,笑眯眯地说。

吴海赶紧打了电话,把黄亚明从通州的温柔乡里拉了起来,把欧阳正德也从酒店叫了过来。

"金三角,好名字!好名字!三角形是世界上最稳固的平面结构。"周书记和吴海考察了一圈后说,"我今天带你们去见一个世外高人。"

"周书记见多识广,手腕通天。"吴海奉承道,"敢问何方高人?"

"黑龙王!"

"了不得哦!"头上摩丝还没擦干的黄亚明冲了进来,"我老早就想见见黑龙王了。"

"你也知道他?"

"娱乐圈没有谁不知道黑龙王的。"黄亚明竖起大拇指说,"黑龙王可是神龙见首不见尾的高人!"

"高在哪里?"欧阳正德今天穿了一身唐装,脚上还是回力布鞋,好像刚从日坛公园打完太极回来。

"北有黑龙王,南有白龙王。"黄亚明介绍说,"黑龙王祖传玄学,擅长卜卦看相,风水堪舆。许多达官贵人都找他算命,也有许多影视新人经他指点后,一夜成名,换命改运!"

"你果然识货。"周书记和气地笑着说,"你就是那个歌星黄亚明吧,我孙子很喜欢你的歌。"

欧阳正德也伸出手,点到即止地说:"周老师幸会。"

"看准了,就大胆地试,大胆地闯。这是你的老乡小平同志说的。"周书记平易近人地笑道,"川蜀多才子啊,我就爱看还珠楼主的书。"

"书记雅兴,引经据典,博览群书。"

"过奖过奖。"

四个人客套了一番,下楼驱车,前往雍和宫的黑龙王庙。

雍和宫历史悠久,香火旺盛,是京城达官贵人的最爱。

而赫赫有名的黑龙王就将雍和宫和簋街之间,也不知道是祖传还是巨资购买的一座上千平方米的四合院,改造成了状若寺庙的院子。门口两头大象睥睨,一对赑屃扛碑,铜环狮扣,琉璃碧瓦,雕梁画栋,外地游客还以为是一个古迹景点,却没想到是私人住宅,而且非请勿入,限量开放。

黄亚明开一辆惹眼的红色保时捷,吴海懒散地躺在副驾驶座上,周书记和欧阳正德在后座一见如故,畅聊着祖国文化的博大精深。一行人穿过浩然正气的长安街,经过巍峨贵气的故宫建筑群,朝东边的雍和宫而去。

"那边怎么有那么多武警站岗?"欧阳正德指着故宫西侧的一处红墙。

"那是中南海啊,傻瓜!"黄亚明嘻嘻笑着,"这条路千万不要随便停车,不然吃不了兜着走。"

周书记慷慨一笑:"没事,下次带你们进去转转。"

"实话说,当年我在美国白宫当过实习生……"吴海说。

"真的?你和莱温斯基熟不?"

"嗯,七分熟……"吴海笑着说。

"你是白宫食堂的吧,一开口满嘴牛排味,煎蛋要不要翻一面啊……"黄亚明插科打诨。

大家都笑了。

话休烦絮,车子很快到了雍和宫。这里有各种古香古色的巷子、胡同,许多地道的北京小吃,旁边就是赫赫有名的"鬼街",现在改名"簋街",是吃小龙虾的"圣地"。

车子从一个不起眼的胡同开进去,里头看似死路,朝左边第三棵槐树旁的铁门敲一敲狮子头,就有人来开了门。

"走后门呢。"黄亚明做鬼脸。

原来黑龙王看命和大医院的专家看病一样,是每天排号的,排满九九八十一号,就闭门谢客了。但是周书记这样的老朋友带人拜访,却可以挂个"急诊"。

一进后院,吴海就不禁哇了一声——院子里栽满各种奇花异草,有许多是不应该在北方生长的南方植物,显然用了人工栽培、温室技术等,搞不好还动用了符箓咒语。

欧阳正德一进大厅,也被墙壁上琳琅满目的古董以及一整套端庄大气的黄花梨家具给震撼了。

"好气派的院子!"黄亚明俗气地说,"没有几亿拿不下吧!"

"再加个零。"一个穿着像道姑的眉目清秀、鸭蛋脸的少女,引各位入座。

"她叫小花,是黑龙王的关门女弟子。"周书记介绍。

"花仙姑好。"黄亚明殷勤地送了一个秋波。

小花见多不怪,忙着给各位客人斟茶。

"你师父呢?"周书记问。

"在前院给李先生算呢。"小花说。

"香港的李先生?"吴海问。

"是啊,王府井就是他做起来的。"周书记说,"我也去和他老人家打个招呼。"

吴海也想去,被周书记按住了:"少安勿躁,李先生不喜欢见陌生朋友。"

"李先生很信风水的。"黄亚明就和欧阳正德聊起了香港中银大厦的尖刀阵,以及周边几家银行和大企业穿龙过堂、以盾化煞的风水斗局,什么定龙脉、和合局、九曲朝堂、藏风聚气等等。

小花睐着一对桃花眼,不时瞟黄亚明几眼。

"花仙姑,我说得不错吧。"黄亚明得意扬扬的。

"一半对,一半错。"小花说,"一命二运三风水,自身修为很高的人,其实不用做风水。人品就是最好的风水。"

"你做人不好,要做做风水。"吴海调侃黄亚明,"因为你是个惯偷。"

"偷什么?"欧阳正德一本正经地问。

"偷女人的心。"黄亚明自己坦白。

众人都笑了。

小花尤其笑得花枝乱颤。

吴海在后堂等了足足两个小时,才见周书记和黑龙王姗姗而来,李先生已经在多名香港前飞虎队保镖的护送下,安全离开。

黑龙王很高很瘦,仙风道骨的,一头白发,皮肤黝黑,印堂高耸,如同藏了两根龙角,隆准如刀,丰神瑞态。他穿着一件长衫,不僧不道,一副世外高人的样子。

黑龙王和大家作揖,中气十足地说了一声:"来者是客,有失远迎!"

周书记没有再介绍,黑龙王一扫众人,似乎都已经知根知底。

"开始吧!"黑龙王拿了六枚古代铜板出来,分别是康熙、雍正、乾隆、道光、宣统、咸丰年的六朝通宝,又取了一个八百年的大乌龟壳。

"我来卜一卦!"黄亚明收起古钱,塞到龟壳里,念念有词,再倒

051

了出来,看看数数,却是一个上风下水的涣卦。

"亨,王假有庙,利涉大川,利贞。"黑龙王说,"显然你现在在度假期,或者放下了一段事业,遇到一个大庙,有所乞求,并要跨过大河,开拓进展。如果你是求事业的,显然上上卦;如果你是求感情的,落花有意流水无情,明显你是个多情种啊……"

黄亚明顿时脸红,支支吾吾道:"问、问的是事业……"

"你这事业因女人而起,也因女人而灭。只要你持心如水,波纹不起,春风过园,片叶不摘,定然能成大事。"黑龙王又随意说了几个年份,都是黄亚明出道、恋爱、生病、大运、走衰等年份,毫厘不差,众人都服了。

"我也来试试。"欧阳正德捋起袖子,正襟危坐,默念卜卦。

黑龙王定睛观看。

欧阳正德读过《易经》,看着念道:"上天下山,遁卦。"

"原来乃行家。"黑龙王神秘地笑道,"遁,亨。遁而亨也。刚当位而应,与时行。天下有山,山高天退。阴长阳消,小人得势,君子退隐。奇怪了,你这卦表明实际上你不该出来创业,而要明哲保身,等待机会。"

"当年朝廷要朱熹出来做官,他卜出来也是这个卦。"欧阳正德苦笑了一下。

"你在公司里做幕后就好,不要冲锋陷阵。"黑龙王也说了一些欧阳一生中入学、结婚、衰旺等的转折点,也都丝毫不差。

"轮到你了。"周书记笑笑地看着吴海。

吴海伸出猿臂,用力一挥,古钱在龟壳内发出嗡嗡的震荡声,就好像一个赌徒在耍色子一样。

"翻江倒海,高手!"黑龙王笑看结果。

结果六个钱币出来,全部是正面。

"乾卦!"周书记失声叫了出来。

"我每年要摇成千上万个卦,能出这个卦的极少。"黑龙王又根据现在时辰,掐指一算,产生了变爻、异卦、互卦、综卦等。

黑龙王脸色大异,觉得十分罕见,又细细问了吴海的生辰八字,重复推演。

周书记饶有兴致地观望,黄亚明不知所以然,欧阳正德静观其变,一旁的小花也用紫微斗数加算了一遍。

"什么情况?"周书记兴致盎然地问。

"罕见,罕见!"黑龙王瞪着吴海惊奇地说道,"九五至尊,人中龙凤! 在古代,你这样的人是可以称王称霸的,可惜生在和平时代,但也至少是一个行业的顶尖翘楚! 你求的是事业吧? 不用看了,肯定能一步登天! 如果你不坐在我眼前,连我自己都不相信天底下有这样的贵命。从八字看,你十三岁有一次龙潭虎穴的大劫,照理说,你是过不去那个大劫的……"

"他十三岁偷渡去美国!"黄亚明叫道。

"那是了,这条潜龙逆流而行,换了土壤,改了命理,要不然你早登天羽化,天神归位,怎么还在游戏人间?"黑龙王感慨不已,又说了一通点拨吴海、神乎其神的话。

吴海听得满头雾水,半信半疑的。

"黑龙王说的话,从来没有不应验的。"周书记说,"刚才李老先生也说,这些年多亏了黑龙王的指点,才能几十年立于不败之地。"

吴海做了个眼神,黄亚明从 LV 包里掏出了十万元,放在黑龙王的面前。

黑龙王根本正眼都不看,小花刚好来收茶杯,就一起收走了。

"你是诸葛亮。"黑龙王对欧阳正德说,"鞠躬尽瘁,死而后已。"

"我是张飞?"黄亚明问。

"你是吕布。"黑龙王说,"冲锋陷阵,无所畏惧。"

"那我呢?"吴海问。

"你是——"黑龙王顿了一下,正色道,"挟天子以令诸侯,曹操!"

"一点都不准!"从雍和宫出来,他们找了一家素食馆吃饭。

黄亚明嚼着黄花菜说:"吕布是三姓家奴,我是这么讲义气的人,怎么我成吕布了?"

"吕布戏貂蝉,你艳福不少。"吴海举起酒杯说,"龙王说得对。"

"看来我真是'蜡炬成灰泪始干'的命了。"欧阳正德苦笑。

"你这贼人,拥兵自重。"黄亚明抱怨吴海说,"宁可你负天下人,不准我们说你半个不字……"

"好啦好啦,算命的事,半真半假,各安天命……"周书记挥舞筷子画了一个圈,打圆场道。

众人正在憧憬繁花似锦的未来,这时吴海的手机响了。

吴海听完电话,嘴巴里的一块五花肉都掉了下来。

"怎么回事?"黄亚明问。

"大熊刚接到广电总局的电话,说我们的电影剧本审批没有通过。"吴海说。

"怎么可能?"欧阳正德更加震惊。

"你写的《飞虎之泪》剧本,我前几天也拜读了一下,故事很好,很有家国情怀。但因为涉及海峡政策……"周书记话留半句地说。

"现在怎么办?"吴海问,"我们都已经交了演员的定金了。"

"不如找人去走动走动?"黄亚明建议。

"这事呀,我觉得不宜操之过急。你的立意是好的,但是拍出来如果有风波就不好了。"周书记从长计议说,"各种政策都是公开发布的,现在都讲社会主义核心价值观,走后门是行不通的。"

"题材太敏感,那欧阳老师你改一改情节?"吴海急了。

"这个故事的主题就是海峡两岸情,一改就变了味。"欧阳正德遗憾地说。

"改成美国南北战争?"黄亚明出馊主意。

"那不如改成朝鲜半岛。"欧阳正德赌气地说。

"你们先回去吧,我再考虑一下。"周书记神秘地说。

"我们送您?"黄亚明问。

"不了,坐地铁刚刚好。"周书记径直离开,走向地铁口,宛如一个幽灵消失在茫茫人海当中。

"忙了几个月,居然没通过!"吴海不爽地喝掉一杯酒。

"好事多磨。"欧阳正德也罕见地喝了一杯二锅头。

"天无绝人之路。"黄亚明勉强支撑士气。

这天晚上,三个男人喝了一夜的闷酒,彼此郁闷,就在附近的酒店开了一个套房。

服务员诧异地看着他们三个勾肩搭背、醉醺醺地走进房间,也不知道发生了什么,又将要发生什么。

接下来几天，三个男人如坐针毡，到处打电话，找熟人公关，却不敢私下告诉公司同事，筹备的电影剧本备案立项没通过。

而且很倒霉的是，因为交了剧本去审核，被公布了剧情梗概以及不通过的信息，有个不知名的小作者还发了一封律师函来公司，说《飞虎之泪》和他的剧本题材撞车，要去法院告欧阳正德抄袭！索赔一百万元！

这真是无中生有的事情，吴海特地打了个电话给这个作者，让他把剧本也带过来，和欧阳正德开诚布公地比较一下，讲清创作起源。欧阳正德也准备好了当年的街坊录音、手稿、电脑里的原始文件、时间戳，甚至还调出了几年前就在版权局做好的作品登记证书，证明自己是原创。遗憾的是，这个在电话里支支吾吾、口齿不清的小作者在收到吴海打出的五千块机票钱后，就从此人间蒸发。

世上没有不透风的墙，不久，一些电影资讯网站就转发了广电总局上个月影视项目的立项情况。

设计师小晴无意间在电脑上看到了新闻，大声喊："不好啦，我们公司的《飞虎之泪》审批结果是，剧本全文需要审批，暂时不予拍摄……"

这一下就炸了，公司里议论纷纷，大家都觉得这个电影项目要黄了。Linda也到处问记者现在的政策，小不点还出主意，要不然找海基会帮忙，曲线救国等。

他们终于明白，那些戴着镣铐跳舞的艺术家才是真正伟大的艺术家。

5 《长江怪兽》

一周后,日理万机的周书记给吴海打了个电话。

"书记,怎么样?"吴海激动地问。

"给你问了多方专家了,大家都说这种题材还是要特别慎重。你知道,立志为善由得我,只是行出来由不得我。有关部门也很担心好心办坏事,万一有什么不良影响就得不偿失了。所以我们还是壮士断腕,尽快换项目。"周书记当机立断。

"什么?"吴海听周书记分析了半天局势,还是无法起死回生。他十分失落,比初恋的时候被女朋友给甩了还要伤心。

偏偏这时美玲姐又从台湾打来电话,问电影进展如何了,王倩雯最近要来大陆参加真人秀节目录制什么的,鸡毛蒜皮地说了一堆。

"关我屁事。"吴海心烦意乱地挂掉了电话。

吴海走出公司,在阳台落寞地抽烟。穿越蒙古草原的塞北的风,吹了他一脸的雾霾和烟灰。街上行人匆匆,车水马龙,他们为何而来,又为何而去?

欧阳正德正捧着一本书,坐在过道的一张藤椅上,好整以暇地看书。

"我决定了,《飞虎之泪》暂时不拍了。"吴海掐掉香烟,恶狠狠地说,"欧阳,对不起了。"

欧阳正德居然没听到,连头都不抬。

"看什么书这么入迷?"吴海好奇地问。

欧阳正德这才抱歉地抬头,尴尬地笑了一下:"没事,我们本来就是电影圈的新人,一时热血,很多不可抵抗的外界因素都没有考量。"

"我听说很多电影公司都在找小说原著,改编成剧本,这样不就方便点? 毕竟出版过的书,题材也相对安全一些。"黄亚明拿着一瓶二锅头,从厕所里冒了出来。

"《长江怪兽》?"吴海拿过欧阳正德的书一看,"科幻题材?"

"嗯,是畅销书作家莫真写的。"欧阳正德摇头晃脑地说,"北莫言,南莫真。他是中国的斯蒂芬·金。"

"这本书讲什么?"

"讲2080年,长江受到核污染,江里产生了一条半鱼半兽的怪兽,兴风作浪,破坏城市,国家想用武力解决,又害怕伤及无辜。最后一个环保科学家从神话里得到启示,用庙宇的圣箭杀死怪兽的故事。当然,里头也穿插浪漫唯美的爱情故事。"欧阳正德说,"不过我一眼就看出来,其实这本书应该是环保小说,它描写的是人类对环境的污染以及我们要如何保护地球。"

"哇! 有噱头,有意义,有看点,绝对好莱坞的剧情!"黄亚明一拍大腿,"这个好啊!《长江怪兽》! 动作片! 怪兽片! 爱情片!"

"这个有卖点! 还有保护水源、保护自然的公益热点。"吴海也眼前一亮,问,"这个莫老师是哪里人?"

"和你是老乡,福建人。"欧阳正德说。

"福建?"吴海莫名有点伤感,转了一圈,又回到起点。福建充满了他年少金灿灿的记忆,但同时也是血淋淋的伤心地。

这三个男人做事一点也不拖泥带水,连换洗的内裤都不带,当天晚上就买了北京直飞福建的航班。

每天北京飞福州的有十几趟航班,但他们买的是末班机,俗称红眼航班。两个半小时后的凌晨一点,飞机降落在福州长乐国际机场。福州,也叫三山、冶城,是一座有两千多年历史的海滨城市,也是一座房价畸高、富豪密布的城市。

"住哪个酒店?"欧阳正德打着哈欠问。

"听说这里的桑拿店比书店还多,去捏脚如何?"黄亚明挤眉弄眼地说。

"别了,我宁可住青旅。"欧阳正德说。

"你这把岁数,干吗不住老人院?"黄亚明贫嘴。

"都莫争了,"吴海望着夜色下的榕树成荫,出人意料地说,"住我家。"

"你家?"黄亚明和欧阳正德异口同声地问。

上一次去台湾签演员,他们从平潭坐船,匆忙间并没到吴海老家。这次三个男人包了一辆车,走三环绕城高速,一个小时后,抵达了马尾特区,这是一个国家级的自贸区。进马尾的路上,有着巨大的标语:"马尾的事,特事特办,马上就办。"

吴海的家在天马山上,山路盘旋而上,旁边还有基督教堂,充满了沿海风情,又掺杂了异国情调。原来清末民初时,这山上住过很多来东方淘金的外国人。

黑暗中沿山而建的幢幢中西合璧的小楼在浪漫星光下,如同一颗颗巨大的魔力蘑菇。不远处丝带一样柔和的马江上，一艘艘货船昼夜不息，偶尔发出一声交会的长鸣，更显得夜色静谧，天地多情。

内地人欧阳正德根本无法抵挡这种春江花月夜的浪漫，而见多识广的黄亚明也不得不感慨，这是一片能让他生出温柔之心的海滨城市。

车子盘旋着，一直开到半山腰，来到一栋中西结合、围墙上爬满植物、有月牙拱门的三层楼大房子前。附近的狗敏感地叫了起来，此起彼伏的，如同合唱曲。

"哇，你家是大别墅啊！"黄亚明拍着吴海的肩膀，羡慕地说，"土豪，土豪……"

吴海在铁门前像篮球运动员一样跳了起来，从围墙上的玻璃碴中摸到一把钥匙，其他人那么做肯定要弄得满手鲜血的。他插入黄铜钥匙，打开了门。房子日常肯定有人保养，草木葳蕤，花园小径，并没有杂乱的落叶、积灰和小动物的痕迹。

三个男人分别去一楼、二楼、三楼同时洗了个澡，然后打开冰箱，拿出花生、牛肉、啤酒，十分痛快地在小院子里听着虫鸣，望着星空，有一句没一句地聊着，一直到快要日出，天色沁凉，才各自回房休息……

那一晚，他们没有谈电影，只是瞎聊。

第二天十点钟，三人陆续醒来。有大妈和小孩陆续送来丰盛的早点、糕点、新鲜水果什么的。大家都对吴海十分尊敬，热心问候。

"好久不见！海，他们在美国都好吧？"

"海,多吃点。"

"海哥,你瘦了,但也更帅了!"

"小海,什么时候吃你的喜酒呀! 我都等到胡子也白啰!"

吴海耐心而客气地和他们聊天叙旧,好不容易才将他们打发走。

"你是少爷哦?"黄亚明问,"这么好命?"

"不,他们都是我的乡亲。我们整个村子的成年男人基本都在美国,我和他们的孩子都很熟悉。他们也像照顾亲人一样照顾我。"吴海站在阳台,背后是满墙的爬山虎和丁香花。吴海的侧脸特别迷人,如同希腊雕像,有一种古典骑士的粲骛与吟游诗人的忧伤,这让欧阳正德联想到《堂吉诃德》里的那些欧洲版画。

"走,带你们去看一个地方。"

吴海开一辆老掉牙的吉普,三人到了罗星塔公园。

"罗星塔也叫中国塔,据说是宋朝一个思念丈夫的柳七娘建的,这是洋人进入中国最早的沿海水域。"吴海指着不远处的江面说,"1884 年震惊中外的中法马江会战就发生在这里。"

欧阳正德和黄亚明忍不住拍了几张照留念。

看完风光后,他们在街上找了一家小吃店吃午饭。

欧阳正德说他已经通过作家圈子,打听到莫真老师的住址,下午就去他家商谈原著改编的事情。

"福建小吃,我爱吃!"黄亚明一口气点了鱼丸、拌面、海蛎饼、马蹄糕等。

欧阳正德点了一碗香喷喷的鲟鱼饭。吴海要了一碗热乎乎,撒了花蛤、蚬子、鱿鱼须等,散发虾油香味的鼎边糊。

"这里能拼桌吗?"突然有人坐了下来。

三个男人抬头一看,顿时吃了一惊:"牛叔!"

牛叔也瞪大了眼睛,用台湾腔的普通话说:"真是有缘千里来相会!"

"您怎么跑到这里来了?"吴海问。

"生意人就像苍蝇一样追着肉跑,谁叫大陆是我家嘛!"牛叔说他就住在卧龙山庄,离吴海家也不远,"对了,你们的电影拍得如何了?"

吴海正在喝汤,差点被噎到了,还以为牛叔在问投资回报,于是诚恳地说:"上次那个题材被有关部门枪毙了,现在重新开发一个电影项目。"

欧阳正德把莫真的科幻小说《长江怪兽》的内容讲了一遍。

"怪兽电影好啊,小孩子就喜欢看咸蛋超人、哥斯拉、异形等!"牛叔咬了一根硬邦邦的油条,嘴也不擦地问:"你们还缺钱吧?"

三个男人面面相觑。

"牛叔,等电影上线,我们会优先兑付您……"吴海敏感地说。

"不不,我看好你们,我要加码! 哈哈,再投你们一千万。"牛叔爽快地掏出支票,潦草地写了一张支票。

三个人觉得奇人做事,真是与众不同。

"对了,您总要留个联络方式啊,如果电影赚钱了,我们好还钱给您。"吴海说。

"我很有名的,还怕找不到我? 好吧,那就留个 QQ 吧。"牛叔留了个五位数的 QQ,他稀里哗啦地吃了一碗鼎边糊。

"牛叔,要不要下午跟我们一起去买版权?"黄亚明邀请。

"不了不了，我还有事。你们年轻人，不要害怕失败，当年我也是一贫如洗，白手起家嘛。广结善缘，广结善缘……"牛叔拍拍屁股，丢下两张一百元埋单，就走掉了。

"真是神人啊。"吴海望着牛叔骑着一辆破自行车远去的背影，崇敬之心如滔滔江水连绵不绝。

吴海指着街头说："在福建街头，一个穿人字拖、骑电动车的老头，很可能就是一家几百亿市值的鞋厂或服装厂的老板，这一点也不稀奇。"

三个男人逛了马限山下的昭忠祠，瞻仰了中法海战的先烈。下午就开车前往福州北部的寿山。原来那个老作家莫真先生就住在山上的芙蓉村。

前往寿山的路，七拐八弯、尘土飞扬，山脚下还有房地产商正在圈地，三人驱车两个多小时，导航都导到了沟里，几经周折，问了好几遍路人，下午三点才到了寿山上。山风一吹，全身冷冽，顿时觉得空气清新，不由得生出一种隔绝红尘之凉意。

"这作家果然是出世高人。"黄亚明看着荒山古树说，"让老子住在山上，真是嘴巴都淡出鸟来。"

"这地方山清水秀，聚风藏气，真是一夫当关万夫莫开，我都想隐居在这里了。"欧阳正德羡慕地说。

他们开车到了一个村子，问了几个村民，终于打听到莫真先生的家，是要折回去，在半山腰的一个盆地里。车子沿着崎岖小道，绕过篱笆果园，却看到一口天光水影的池塘，一个六七十岁的老人家，穿着短袖，趿着拖鞋，拿着一个油光发亮的细竹竿，正在钓鱼。

"是他?"黄亚明不屑地问,"不就是个乡下老头?"

"他可是当年的留学高才生,当代林琴南。"欧阳正德说,"也有人说只有他能抵抗斯蒂芬·金。"

"林琴南是谁?"黄亚明问。

"无知。"欧阳正德白了他一眼。

"是他了。"吴海确定无疑,从车上搬下一箱台农水果,远远地喊,"莫老先生,我们看您来了。"

"嘘,别打扰我的鱼。"莫真老先生神秘地笑笑,手腕一抖,一条七八斤重的大鲢鱼被他提出了水面,"啊哈……被我抓到了!"他童真地笑了起来,一挥手,又把鱼"扑通"丢到了池塘里。

"钓了鱼不要?"

"吃不完啊。"莫老先生爽朗地笑着拍拍手,"钓鱼,不在口舌之味,而在山水之情。"

"高见。"欧阳正德上前拱拱手,礼貌地说是一个文坛前辈引荐的,他们三个人是北京来的电影公司,想要买莫老先生的《长江怪兽》图书版权拍电影。

"这本书我写了很多年了,你们怎么有兴趣?"莫老先生说,"据我所知,这种科幻片,没有大制作、大投入、大特效,是没法拍好,没法赚钱的。"

"是啊,所以我们决定了,这个电影至少要投八千万!"吴海夸下海口。

"八万块?"莫老先生耳聋地问。

"八千万!"吴海郑重其事地说。

"好大口气哦。"莫真笑笑地问,"那你们付我多少版权费呢?"

黄亚明一拍大腿,知道吴海上钩了,姜还是老的辣。你自己夸下海口要巨资拍电影,这下小说的影视版权肯定要坐地起价。

黄亚明想起刚才碰到牛叔,赶紧狡猾地辩解:"是八千万台币。"

"怎么不是八千万美金呢?"莫老先生一眼就看透了黄亚明的小伎俩。

吴海和黄亚明两个都红了脸,恨不得立刻跳到池塘里去。

"年轻人做事,要一个字。"莫老先生严肃地说。

"请多指教。"欧阳正德诚挚地躬身说。

"真!"莫老先生说,"来的都是客,去我家喝茶。"

三个男人就亦步亦趋,恭恭敬敬地跟他来到池塘边的一栋民房。房子是土木结构的,十分乡土,屋檐还是用瓦片、茅草盖的。大家都想不到这个留学回来的、中外闻名的大文豪会住在这样一所破房子里。

"别看房子破,比杜甫的茅屋好多了。人不该追求新房,而应该追求宽广的心房。"莫老先生沏了一壶茉莉花茶说,"以天为蚊帐,以地为华毯,以人生为棋局,以名利为飞絮。人活着,唯求一个字:真。"

吴海听了,顿时觉得自己档次还是低了,不由得像孙子聆听爷爷的话一样低下了头。

黄亚明更是臊得面红耳赤,一句话也不敢托大了。

"这个小说,其实几年前有几个美国导演托香港人找过我。"莫老先生说,"但是我坚持男主角必须是中国人,就没有谈成,这毕竟是一个中国的故事。总不能每次都让外国人拯救地球。当时海外出了一百万美金的版权费,还是十年前,如果你们真的想拍……"

话说到这里,三个男人的心脏都怦怦直跳,很怕莫老先生狮子大开口。

"那我就白送你们好了。"莫老先生大笑一声,一气饮干一杯茶,三个人激动得心脏都要跳了出来。

吴海和黄亚明兴奋地搂住了彼此,全身颤抖,欧阳正德也张大了嘴巴。

"哇! 太好了!"

"谢谢你! 莫老师!"

"莫老爷子我爱你!"

他们一边喝茶,一边聊了下怎么拍电影。

莫老先生关公巡城,点着茶杯说:"科幻片,也要讲真。故事要真,画面要真,人物要真,情感要真,否则观众就觉得是胡编乱造,天方夜谭。看过《侏罗纪公园》吧,我请电影队来村子里放过露天电影,许多老人问我,美国动物园怎么有那么大的怪兽,他们都以为恐龙是真的。如果《长江怪兽》拍出来,外国人也怀疑长江真的有水怪,那就成功了。"

三个男人听了,深深觉得有道理。莫老先生又说了一些长江的传闻,什么上百米长的大鼋,什么抗日时期整艘失踪的军舰,又说了一些黄河大决堤的历史故事等,引经据典,信手拈来,让三个年轻人大开眼界,不由得佩服莫老的博闻强识。

莫老先生又说:"难得你们来寿山一趟,我带你们见识一下。"

"我走南闯北,这小山村有什么没见过的?"黄亚明不信。

"呵呵。"莫老先生站起身来,走到屋后,指着不远处嶙峋的山头说,"你们看!"

"怎么千疮百孔的?"欧阳正德下意识地摸了一下脸,一眼望去,山头就像月球表面一样都是密密麻麻的坑洞。

"这个地方产寿山石,历来进贡朝廷,如著名的乾隆三连章,溥仪逃出宫的时候,随身携带的国玺也是寿山石做的。依矿脉走向,寿山石可分为高山、旗山、月洋,当地人又分为田坑、水坑、山坑……"

三个男人听得一头雾水,连老家福建的吴海都不怎么懂国石学问,只有欧阳正德以前学书法时玩过一些印章,略懂皮毛。听莫老如数家珍,三人感慨,真是世事洞明皆学问,人情练达即文章。

"走!"莫先生一把年纪,光着脚就上山了。他行走如飞,三个男人在后面追得气喘吁吁。

到了山上,七转弯,八拐角,钻过齐腰高的蒿草,却是一个废弃的大矿洞。莫先生猫腰钻了进去,三个男人也上气不接下气地钻了进去,矿洞的内部有点像贵州的喀斯特地貌,又有点像广西乐业的天坑,里头是一个四通八达的大洞,却早就不见了莫先生的影子。

"莫老!莫老!"三人大喊,却引起矿洞震动,稀稀拉拉的小石头掉了下来,吴海、黄亚明和欧阳正德吓了个半死。

他们像在默片里一样滑稽地打着手势,分头去找莫先生。结果不出一公里,三个人全部迷路了,鬼打墙一样转了半天,最后还是莫先生不知从哪里叫来一条土狗,把他们三个人分别带出了迷宫一般的矿洞。

"入局者迷。"莫老先生话中有话地说。

三个人灰头土脸的,感觉真是山外有山,人外有人。

"下山吧。"莫先生意兴阑珊地走着。突然,一块石头从峰顶滚了下来,莫老先生轻松地闪开,又停下脚步,居然松开皮带,脱下裤子,老顽童一样地朝石头撒尿。这尿真如苏东坡说的"小便清且长"。水柱居然把稀松的土块冲开了,露出了一个拳头大小、黄金色泽的石头。

"金矿?"黄亚明红了眼睛。

"你去抠。"莫老先生率性地提起裤子示意道。

"我?"黄亚明指了指自己的鼻子。

"去吧。"莫老点头。

黄亚明看看吴海,看看欧阳正德,他俩都耸了耸肩膀,黄亚明只好捏着鼻子,把石头旁的杂草去掉,剥掉泥土等杂质,伸出食、中二指一搓揉,果然露出了一块细腻嫩滑的金黄色石肉。

"该当你们有缘。"莫老指点说,"这是一块田黄!"

"牛黄?"黄亚明不着边际。

"田黄,"莫老捻着胡须说,"寿山石的极品,石中之皇。"

"那石中之后呢?"吴海举一反三。

"那是芙蓉石了。"莫老说,"这一块田黄金黄澄透,极其罕有。拿到山下,你们猜能卖多少?"

"一百万?"黄亚明问。

"五百万?"吴海试探。

"不猜了。"欧阳正德直接放弃。

"一千万,少不了。"莫老自信地摇着指头说,"这石头就当作我给自己的作品的投资吧!"

吴海三人以为莫老开玩笑,但黄亚明还是捂着鼻子,把田黄原石抬到池塘边洗了又洗。有好事的人看山上挖出了宝石,到处传闻,没一会,好几十辆车子就像吞食蛇一样陆续开上了山。

莫老先生亲自烧了一桌子的野菜,请三人吃饭,正在推杯换盏、谈天说地之时,就有识货的石商闯了进来,你开五百万,我开八百万,好像买白菜一样,争着要那块极品田黄,吵得小木屋都要闹翻了。最后有个中年大伯,看上去像农民一样的人,直接掏出银行卡,刷了一千万元,抢购走了莫老找到的田黄石。莫老就把自己的银行卡塞到了目瞪口呆的吴海手里,又用宣纸写了一份小说著作权改编影视的授权书,格式严谨,字字精辟,实在是一代名家。

莫老先生从竹编的抽屉里掏出一块上好的荔枝冻印章,沾着鲜红的漳州八宝印泥,双手郑重一按,将签过名的授权书交给欧阳正德。

"太感谢了!"欧阳正德如获至宝。

"真是名师风范!好菜!好酒啊!"黄亚明喝着土酿的青红酒,吃得满头是汗。

围观的人都看得目瞪口呆。

"小兔崽子们,吃完饭,就滚下山吧!"围观的人越来越多,莫老放下酒杯,仰天大笑,潇洒地走出屋外,"钓鱼去喽!"

已经七点,但南方天黑得晚,此刻漫天霞光,金银闪烁,日月交辉,盆地中一汪清水,倒映时空,像极了一个特大号的摄影镜头。

这是让三个男人一生都难以忘记、心服口服的一个前辈名流。

吴海下山的时候,心跳得怦怦的,把车子开得飞快。他担心若是不快一点,就有人追杀他们,抢走一千万的银行卡。

"后面怎么有车跟着我们,难道是我的粉丝?"黄亚明晕乎乎地问。

"听说这条路以前有很多土匪,都是半路抢劫绑票的。"吴海说,"财不外露,走为上计。"

果然有几辆车在跟踪,但吴海车技过人,踩油门加速,过了几道山冈,已经把其他车甩不见了。这一次寿山之行,简直如梦如幻,如同奇谈。

"我有想法了!"欧阳正德逃下山来,突然开窍。

"什么?"

"上次在上海,高总不是问我,怎么做大我们的电影公司吗?"欧阳正德说,"莫老给了我一个灵感! 刚才在他家里,我看到好多抽屉,每个抽屉都摆满了印章。我突然想到,每个印章都是一个故事啊。"

"你到底想说什么?"黄亚明还是不懂。

"一个山,不去雕刻,就只是一个山。如果精心雕刻,就能变成成千上万个印章作品。我们公司只做一部电影,肯定风险太大,如果我们做一百部电影,这不就是我们与众不同的地方? 不就是吸引资本风投的蜜罐子吗?"

"我们一部电影都拍不出来,还怎么拍一百部?"吴海也不明白。

"剧本是电影的源头,我们可以找一百个有潜力的青年作家,每个人如果有三本小说的话,那就是三百本影视原著了。如果一本小说的版权估价十万,公司的估值就已经三千万了,如果算三十万,就一个亿了! 这是按照剧本估值来算的,如果按照一个电影一亿票房来算,我们公司未来的市值和潜力……"欧阳正德越说越兴奋。

"一百亿! 欧阳老兄,你太棒了!"吴海直接在车里跳了起来,撞到了车顶,还手舞足蹈地说,"一个上好的小说版权估值,例如《神吹灯》《灭佛》,都可以达到几百万的级别,系列电影更是一部就十几亿票房。你给我赶紧去签作家! 就签一百个! 一个都不能少!"

"我也想到了!"黄亚明举一反三地说,"我这边去签三十个艺人,唱歌、演戏都行。一个艺人接一部戏一百万片酬的话,我这边也三千万了。如果能有几个成名的角儿,一年几个亿收入妥妥的!"

"通了通了! 我们拥有了原创版权,再有演员经纪,再组建制作团队,最后搞定发行渠道! 再开发延伸版权产品,品牌授权、主题乐园、文化地产,我们就打通了、整合了与电影有关的多资源复合型产业链了!"吴海兴奋地朝巍巍寿山的方向大叫,"长江怪兽! 吼吼吼! 我们要起飞了!"

"吼吼吼……"三个人打了鸡血般,披星戴月地赶赴机场,连夜回到了北京。

6　融资怪相现形记

本来金三角公司的钱已经紧巴巴的,烧到只有三百万了,这下牛叔又加了两百万,莫老送了一个剧本,又用田黄变现了一千万跟投资金,简直是雪中送炭。

欧阳正德立刻通过各地文坛、作协、文联的朋友,也通过博客、微博、微信、论坛、网站等发出英雄令,招募言情、悬疑、军事、恐怖、后宫、科幻、儿童等各种类型的作者。就像蜘蛛网的传销一样,竟然一下子就签了七八十个作者!

每个签约作家平均出版过五本书,一下子就拥有了五百个 IP储备,对外号称一千个版权储备!他们这里头名气差点的新作者每月给三千块创作补贴,名气大的最高每月给八万,平均下来作者的人均月薪要一万元。金三角影业光创作部门一个月就要发几十万元的稿费工资。

而黄亚明也不示弱,带领经纪人小不点、大熊等去中影、中戏、上戏等艺术院校,签了十几个有潜力的新人演员,又签了十几个二三线的歌手,一下子也有了三十多名艺人。其中唱歌和演戏的各占一半,有几个艺人能说会唱,个别的还能讲相声、搞主持,连婚庆司仪都可以兼任。艺人平均每月薪水三四万元,金三角的娱乐事业部每月要发一百万的工资。

这样一来,金三角影业的盘子就像皮球灌了水,一下子雄壮了起来。这真的是其他新锐影视公司望尘莫及的了。这一切都只花了三个月不到的时间。

其他影视公司，尤其是一些二三线公司听到了金三角影业磨刀霍霍的消息，有的佩服吴海等人敢作敢为，突破陈规；看好的更是拐弯抹角，求人来入股占坑；也有的羡慕嫉妒恨地说："这样烧钱攒起来的盘，太危险了，太危险了！"

果然红运当头，好事连连，月末的时候，《长江怪兽》的电影剧本也得到了广电总局的回复，"原则上同意拍摄"，具体需要剧本修改后审核。

周书记特地找内部人士问了实情，得到了一个很简单的解决办法。

因为长江毕竟在国内，水源怎么可以有污染？这可是关系到民生大计的大事，要是电影鼓动了谣言，那可是要出乱子的。

"怎么办呢？"

"简单，把故事发生地改到国外即可。"周书记建议。

"不能在国内，那在哪里？"吴海问。

"长江不让拍，亚马孙河如何？"黄亚明的脑洞一直比较大。

"反正无论去哪里拍，主角都必须是中国人！"欧阳正德说，"以前老是外国人拯救地球，这一次是中国人拯救了水危机！"

"我突然想，男主角应该改个名字，比如叫潘长江就不错。"黄亚明冷冷地说。

"胡闹。"吴海说，"澜沧江、湄公河如何？"

"那里水太浑了！"欧阳正德说。

"有了！去朝鲜吧！"黄亚明一拍大腿说，"那是个无比神秘的地方。而且最近朝鲜不是在搞核试验吗?"

"有了,有了……"吴海也有主意了,"我们就把故事设定在韩国和朝鲜的三八线附近,朝鲜为了研发核武器,结果泄露了,污染了河流,产生了一只超级恐怖的大怪兽,如何?"

"三八线没有河流吧?"黄亚明问。

"剧情需要嘛。"吴海说,"这个可以有。"

"叫《汉江怪物》?"欧阳正德问。

"不,我们是《汉江怪兽》!"黄亚明啪地点了一根烟,这通常代表他心情很爽,或者很不爽。

"成!就叫《汉江怪兽》!"吴海拿定主意说,"这超级大怪兽在三八线诞生后,到处为非作歹,还冲入首尔,兴风作浪。因为要照顾老百姓,投鼠忌器,导致军队都无可奈何,怪兽甚至闯入了朝鲜核工厂,差点引发世界大战。最后一个中国籍的科学家,从古代神话中找到一个神奇弓箭,才巧妙地克制了怪兽,拯救了朝鲜半岛,也拯救了整个地球!"

"这故事太牛了!"黄亚明拍案叫好。

"就这么改剧本!"吴海对欧阳正德说,"从你的作者里挑出十个精英,一个人给五万元,每个人去写一稿。最后你来汇总,我要一个震惊影坛的好本子!"

欧阳正德一听,觉得不靠谱,每个作者思路不同,各有己见,这样难免南辕北辙。好莱坞的编剧虽然也有流水化作业,但那是建立在分工清晰、专业度高的情况下,而且这几十个作家很多是写网络小说出身,对编剧并不在行。写小说和写剧本还是不大一样的。

但是吴海已经这么交代,欧阳正德也不好拂了他的心意,就没有反驳了。欧阳正德在微信的作家群里把《汉江怪兽》的主意说了,整个群顿时就炸了,一半以上的作者都愿意写这个故事,因为真的太好玩了!

欧阳正德精心选择了十个出书比较多,擅长科幻、悬疑、冒险、惊悚类题材的作者,当场给了每人三万元定金。在那个疯狂的夜晚,作家们噼里啪啦的聊天欢呼像枪林弹雨一样,在微信中下起了密密麻麻、让人无法入眠的红包雨。

"红包真是比原子弹还可怕的发明。"欧阳正德揉着因发红包、抢红包过度而快要断掉的手指说。

"亚明,你赶紧去打听一下一线明星的档期,哪个贵就用哪个。"吴海信誓旦旦地说。

"我们的钱不够啊。"黄亚明提醒说,"现在账户上不过五百万左右,这个科幻电影八千万预算还打不住,眼看要过亿了。"

"钱的事你别担心。"

"不为钱担心的人,最后肯定要为钱担心。"

"你少和我贫嘴,知道不? 上海大江集团的高总又来北京了,这次他是真的要给我们送钱来了!"吴海喜洋洋地说。

"为啥我总有种黄鼠狼给鸡拜年的感觉呢?"黄亚明虽然神经比较大条,但行走娱乐圈多年,对天上掉馅饼的事还是充满了疑问。

两天后,高总从上海乘坐一个大老板的私人飞机杀到了北京。

晚上,吴海在后海附近的一家中国风餐厅预订了三个特大包厢,请来米其林三星大厨,专程招待高总。来宾有上次见过面的文化基金的朱茂盛朱总,房地产商娄发财也来了,开酒吧的老板娘Mara,还有几个北京、山西、内蒙古的巨商富贾。

黄亚明特地叫了一些歌手、演员、主持人来活跃气氛,真是声色犬马、醉生梦死。

酒过三巡,吴海满脸通红地介绍了一下《汉江怪兽》的电影项目,几个年纪大的人听了不仅没有被吓到,反而情绪激昂地叫好。

"又可以跨过鸭绿江去了!"

"拍完《汉江怪兽》,就拍部《东京怪兽》,然后再拍个《哥斯拉大战汉江怪兽》!"娄发财出主意。

"这题材浅显易懂,老外一看就明白。"Mara 也连连说好,并一直推荐几个她认识的老外演员。

"吴海,你真让我刮目相看!"高仁竖起大拇指说,"短短半年不到,就可以聚拢这么多资源,你真是电影界的马云!"

"我比马云帅多了。"吴海骄傲地捋了一下后脑勺,一脸正经地说,"其实我想做电影界的马克思。"

在场的人都笑了。

"但是如果拍不好这个电影,我就要成为电影圈的马赛克了。"吴海接着说。

在场的人全都笑了。吴海身上确实有一种天不怕地不怕,目空一切,我就是规则创造者的劲头。

"这个电影总共需要多少资金?"高仁直截了当地问,"到了多少,还差多少?"

"一亿!"吴海含糊地说,"到了三成,还差七成吧。"

黄亚明哆嗦了一下嘴唇,想说点什么,又不知怎么说。

"哟,三千万都到手了。"高总有点意外,"我要投的话,肯定要控股,就是五成以上。"

"那至少要五千万啊!"欧阳正德提醒。

"不不不,我就投三千万。"高仁说。

"投三千万,怎么能变五千万呢?"欧阳正德问。

"这你就有所不知了。"高仁指点说,"你这个盘不该是一个亿,而应该是两个亿。我们现在是原始盘,一千万当两千万。所以,我要占大头。"

"你这样算的话,你三千万变六千万,总盘是两亿,你也不是大股啊。"欧阳正德抗议。

"因为我是先投的,风险最大,所以我要主控啊! 就算我只有六千万的收益权,但是我必须有一半的投票权。"高仁眯着眼说,"别觉得我老高不讲道理,我一动,我后面的金主都跟风而来,你们的电影不愁没钱。你不要觉得我欺负你们年轻人,其实你们后面可以再溢价,只要有强大的明星阵容,一流的制作团队,总盘变成三亿四亿都可以的……"

"对对对,不就是做两套账嘛。"朱总附和着说,"你们做的是艺术,我们做的是金融,并行不悖,一起发财嘛!"

"这个,我们回去再商量商量,明天回你……"吴海给大家使了个眼色,一些演员继续耐着性子,好言好语地陪金主们喝酒。

"当艺人真不容易。"欧阳正德心想,真是台上一分钟,台下喝一桶。

吴海等三人先行离开。

回到酒店后,吴海破口大骂:"高仁这个老狐狸,一分钱能掰成两片用!凭什么啊!"

"这叫欺生。其实影视圈本来就有这样不合理的投资模式。"黄亚明说,"甚至有些大鳄,因为长袖善舞,拥有各种垄断资源,撮合一下,不出钱都有干股,空手套白狼啊!"

"问题是高老头是做外贸生意的,影视圈也不是本行,我不相信他。"吴海抱怨说。

"但是那个朱总真的有钱啊,我们还是忍一忍吧!"黄亚明无奈地说。

三个人正在房间里谈话,突然有人敲门。吴海打开门一看,吓了一跳,居然是朱总和娄发财,娄发财还搂着公司的一个女艺人——一个拍了几个网剧、身材丰满的网红小演员。

娄发财醉醺醺地掏出一把钥匙,说:"吴总,别的话我不说了,我在北京有几套房子。这一套,就在东二环,两百平方米复式楼,钥匙给你。"

"什么意思?"吴海问。

"当我赞助你们电影,带我一起玩。"娄发财捏了那个女艺人的胳膊一下。

吴海朝女演员挤了挤眼睛。

"娄总太坏了。"女艺人识趣地带走了醉翁之意不在酒的娄总。

"朱总,辛苦你从上海过来。"吴海对油光满面的朱茂盛说,他是一家以浙企为主的文化基金的老总。

"吴总,你的这个剧本很有意思。"朱总谨慎地说,"但是单个项目,太不稳定了。就好像买股票,没有人会只买一只,要买,就买一系列。"

"Portfolio（组合投资）。"吴海好歹是在华尔街送过外卖的。

"您的意思是?"黄亚明问。

"这个电影目前还没有定导演和其他演员吧?"朱总说。

"有王倩雯啊。"黄亚明提醒说。

"她的气质演电视剧可以,这个电影上亿级别,你们一定要找个更好的女星。"朱总简单地说,"其实我们对单个项目并不太感兴趣,一部电影大卖对整个大局来说,当然很重要,但不是最吸引投资人的。我们更需要一个长线运作、持续运营、不断产生新话题和热点,可以一直深耕并拓展的战略项目。"

"那您要?"吴海试探道。

"入股你们的公司。"朱总说话的口气好像嫖客开出嫖资。

"你要多少的股份?"吴海也试探。

"不多,百分之十。"朱总说。

"我们现在有一千个版权,一个按照行规五十万算,都五个亿了。还有三十多个艺人,一个按照身价五百万算,也都快两个亿了。我们的公司七个亿,我就打个折,按照五个亿给你,百分之十是五千万。"吴海说。

"哈哈哈哈哈!"朱总莫名地笑了起来,"你们注册资金是多少?"

"一千万。"

"行,那就按照溢价一倍算。我出两百万,买你百分之十的股份。"朱总蔑视地说。

三个男人火冒三丈,几乎要跳脚了。

"算了算了,我出三百万,百分之十股份,可以成交了吧?"朱总说。

"你喝醉了。"吴海说。

"门在那边。"黄亚明要赶人。

"你这人,太不干脆了。五百万!百分之十!"朱总咬着牙说,"这是我的底线了!"

"滚蛋!"吴海终于忍不住说了出来。

朱总瞪着吴海,酒意全醒了,也或许他本来就是装出来的。朱总又好言好语地说:"那五百万,换百分之八的股份呢?总可以了吧?"

朱总最后是被黄亚明掐着肩膀架出去的。

三个人喝了一会茶,想起今晚见的乱七八糟的投资客,不由得感慨娱乐圈的盘根错节,十分复杂。

"现在我们还有一千两百万左右的资金,"黄亚明说,"其实这个电影找到三五千万,我们就可以动了。"

"别急。"吴海说,"我们先码好团队再说。关于这个电影的导演人选,我刚把剧本发给李安和张艺谋的经纪人,演员我还在找刘德华和成龙。"

"不靠谱。"黄亚明说,"他们来一个人,就吃掉了半个剧组。"

"不试试,怎么知道不行?"吴海坚持己见。

"明星太贵了,不如用新人?"欧阳正德建议。

"现在'小鲜肉'更贵。"黄亚明说。

"所以我们签了很多新人,自家生产'小鲜肉'!"吴海笑了起来,"等着吧,等我们码好了盘,会有源源不断的投资方来投我们的!"

"怎么听着好像我们是南极仙翁?"欧阳正德幽默地说。

"什么意思?"

"旁边站着送财童子。"

"哈哈哈!"

黄亚明驱车回到通州,已经凌晨一点了。他是个爱时髦的人,还注册了一个滴滴司机,有时还在三里屯顺路载一两个美女回去。

不过今晚比较倒霉,载了一个女的回去,下车的时候,那女的大叫:"哇!你不就是那个歌手黄晓明吗?"

"黄亚明。"黄亚明把头后仰,等待粉丝的疯狂崇拜。

"切!都混到当黑车司机了,真是太惨了。"那女的穿着超短裙,像唐老鸭一样扭着屁股走了。

黄亚明讨了个没趣,沿着三环路开着车。清冷路灯下,街边有一些弹着吉他的流浪歌手。黄亚明恍惚间觉得人生挺悲哀的,来来去去,其实也不过是为了讨别人的开心。

黄亚明有点悲观地开车回到了韩国人社区。他从来没有带钥匙的习惯,敲开了门,没想到宋智丽正在敷面膜,显然是等了他许久,面膜都干了。

"欧巴,你最近怎么老不回家?"宋智丽嘟着嘴抱怨。

"在忙电影。"

"你们真的要去韩国拍?"宋智丽指着电视里重播的《来自星星的你》的都敏俊说,"他演男主角如何?"

"不,男主角一定要是中国人!"

宋智丽撒娇地说:"那女主角可以是我嘛。"

"可以可以,等你先练好普通话。"

"对了,我给你介绍个男主角吧。他叫张不凡,是从韩国一线男子天团退出来的,现在风头正劲。"

"张不凡? 就是那个'当红炸子鸡'?"黄亚明问,"他到底是中国人还是韩国人啊?"

"他是华侨。"

"不是还在闹解约吗?"黄亚明说,"现在的娱乐圈呀,为了钱,什么合同,什么信誉,什么良心都滚一边去,尤其在你们韩国,演员得抑郁症、吃药、自杀的可不少。"

"所以我才跑到中国来了啊。"宋智丽被说得脸都青了,"喂!我有他经纪人的号码,要不要试一试? 如果签了好的演员,电影融资会快很多。"

黄亚明不由得为宋智丽的贴心和志同道合感到一阵温暖。

"你去冲个澡吧,干净衣服放沙发上了。"

"我在这里穿什么衣服。"

"咯咯,"宋智丽笑着说,"高压锅里有鸡汤煲高丽参。"

"那我晚上喝了还不上火? 宝贝,你真是太为我操心了。"黄亚明搂住了宋智丽,狠狠地亲了一口她的鼻子,"哎呀,最近又整容了? 鼻梁变高了……"

"没有,没有!"

"让我来检查一下! 哈哈哈……"两个小情人打情骂俏,黄亚明乐在其中。

只有在宋智丽麻雀虽小却井井有条的公寓里,黄亚明才觉得放下了工作的压力,放下了赚钱的野心,卸下了装腔作势的面具。

其实生活何必非得是大气磅礴的交响乐,一首平平淡淡、朗朗上口的小情歌难道不好吗?

7　爱上女编剧

欧阳正德每天都在酒店里写剧本,门口挂了一个"禁止打扰"的牌子。因为"免战牌"挂了太久,有个服务员拨打了前台电话,问里头的住客是不是出了什么事情。酒店最怕房间里有客人自杀,出现不吉利的房间倒是其次,要赔一大笔钱呢。

还有个恶作剧的住客估计看多了美剧《绝命毒师》,故意报警说欧阳正德的房间很可疑,是不是毒贩?警察还真的来敲了一次门,打开门之后傻眼了,满房间都是书,以及放了好多天的外卖盒。知道欧阳正德是个编剧后,警察崇拜地说:"有空来局里坐坐,很多真实案件,比编的还神奇,期待老师能看得上。"

吴海一直拱着电影项目往前进,整个圈子也都知道有家新公司,一上来就要干一票大的,内外的关注度都很高。欧阳正德是非常有责任感的人,也只能精心打磨着《汉江怪兽》的剧本,几个月下来,十个作者少说交了二十个版本,其中只有两个剧本比较像样。

两个都是女作者,一个是单亲妈妈陈美,她三十三岁,常年不出门,皮肤有种瘆人的白,她住在天津摩天轮附近。她文笔老辣,布局严密,剧本里还加了一些鬼魂与咒语的元素,弄得更像一部惊悚片。

还有一个是相当有名气的女作家郭绣雪,她才十八岁,大学辍学,出了三本书,是许多男青年膜拜的文艺女神。郭绣雪身高一米六八,一头乌黑长发,瓜子脸,小鸟依人。她的剧本加了许多轻喜剧和动漫元素,更搞笑和商业化一点,估计会受到青少年观众的喜爱,但剧情也因此有点拖沓和散漫。

因为沟通剧本的需要,陈美特地坐津京城轨来北京,见了欧阳正德几次,彼此都是文字好手、性情中人,沟通了几次,她被欧阳正德的温文儒雅、诚恳待人给打动了。

每次她来北京,欧阳正德都给她买头等座车票,酒店开的也是家庭套房,就是那种房间里配置小孩子浴袍、卡通拖鞋的,布置得十分温馨,因为陈美每次都要带着小蝴蝶来开剧本会。小蝴蝶是陈美的女儿,叫陈化蝶,长着一双水汪汪的大眼睛,最喜欢的动作是用玉笋般的手指挤着酒窝嘟嘴。

"欧阳老师,你怎么都不问小蝴蝶为什么跟我姓?"剧本谈完了,两人偶尔聊天。

"我从不打探别人隐私。"欧阳正德笑着说,"不过如果你愿意说,我也愿意倾听一下。"

"你笑起来蛮像我前夫的。"陈美直接地说。

"有这么骂人的?"

"网上有人说我老公是个花花公子,出轨了。那都是言情小说里的狗血片段。"陈美指着在沙发上搂着布娃娃睡着了的小蝴蝶说,"我老公以前是个狂热的登山爱好者,去欧洲登山的时候发生了事故,只剩下这一个遗腹子。"

"一个女人,带着一个小孩,靠写作为生,真挺不容易的。"

"很庆幸遇到公司,每月给我一定的稿费,足够养家糊口。"陈美感恩地说,"欧阳老师,你结婚了吗?"

"我结婚了。"欧阳正德毫不停顿地回答。

"你如果没结婚,我都考虑追你。"陈美暧昧地笑着说。

欧阳正德腼腆地笑了笑:"晚了,明天再改剧本吧!"

说完,欧阳正德就独自一人,手插在口袋里,迎着冷冷的风,从五星级酒店慢慢地走回自己住的地方去。

不知为何,他的心和凌晨的大街一样,空荡荡的。

人生的奥秘就在于你永远猜不透剧情。

二十多年前,欧阳正德的父亲是一个挖煤工人,出于义气,拍了包工头一铲子,谁知道包工头却是欧阳正德初恋女友的爸爸。包工头后来没死,成了植物人,攀枝花没有好的医院,阿竹带着爸爸去了成都看病,后来一直都没有再见面。

从那时候起,欧阳正德就没有再谈恋爱,虽然还是有很多女孩子仰慕他的才华。

父亲在监狱里是个能手,又会砌墙,又会修东西,关了几年,就提早放回来了。刚好赶上改革开放,父亲找农村信用社借了一笔钱,居然承包下一个煤矿,摇身一变,变成了一个包工头!

生活总是把我们变成原来我们讨厌的人。

多年媳妇熬成婆,开煤矿需要黑白通吃,父亲承包了煤矿后,不仅没有改善挖煤工人的待遇和生活,反而变本加厉地压榨煤矿工人,甚至和一帮出狱的牢友一起去抢别家的煤矿,聚众闹事,大打出手。

原来老实的父亲,变成了当地的一个黑老大,绰号"黑虎"。他很少在家里吃饭。欧阳正德偶尔碰见他,也觉得他越来越陌生。

后来有人说,他爸爸进监狱后,心理变态和扭曲了。

"娃,不是我变了,是这个时代变了。"父亲叼着牙签,铿锵有调的,"你不对别人狠一点,连活下去的权利都没有。"

听父亲这么说的时候,大学毕业的欧阳正德心里嘀咕的却是,"你连权力和权利都分不清吧"。

欧阳正德念的是哲学,一个很不好分配工作的学科。但家里的煤矿公司日进斗金,欧阳正德那段时间就游山玩水,后来在峨眉山遇见一个道士,就跟着他学习气功。

在山里隐居的时候,发生了一些很神奇的,超过一般人想象的事情。但欧阳正德很少对别人说,说了别人也不信。反正三年后,当他下山的时候,他发现父亲的白发越来越多了,而自己看起来,简直像个高中生,用现在的话说,叫"逆生长"。

更奇怪的是,父亲看到他,会莫名地害怕、敬畏、崇拜,甚至不敢看他的眼睛。父亲说:"你身上的气场很大。我在监狱里待过,牢头就有一种气场,刚进来的新犯人都闻得出来。我的儿,你是人中的龙啊!这四川的小沟沟,真的镇不住你喽。"

父亲花钱,给欧阳正德买了份在大专院校教书的工作,很多人来说媒,最后欧阳正德选择的女人叫刘彩艳。

刘彩艳是典型的四川女人,白皙、漂亮、泼辣,骂起人来劈头盖脸,嗓子永远高别人八度。但她实际上又是个善良的女人,吃火锅的时候,连活虾都不敢丢。

他们是经人介绍的。第一次见面,刘彩艳对欧阳正德非常满意,欧阳正德虽然对她没有特别的好感,但也说不上哪里不好。

刘彩艳的父亲是当地中级人民法院的法官，前一年，父亲经营的煤矿坍塌了，死了十几个人，要不是刘法官推荐了靠谱的律师，父亲估计要把牢底坐穿了。

他们的婚礼在当地办得极为隆重，方圆百里，该来的官员、企业主、乡绅名流全都到了，婚后他们搬到了重庆，那也是刘彩艳的娘家。刘彩艳是个投资天才，很早就在重庆和成都买了许多套房子和店面，她有一种天生的投资直觉，以及靠着逛街和寻找美食等从小窥大而预见商业趋势的本领，她的投资从来没有亏本过，她走路总是抬头挺胸，裙子自带风扇地张扬，总让欧阳正德想起华尔街那头横冲直撞的大金牛。优越的经济条件也使得她有闲在家里当阔太太，天天逛街、喝茶、打麻将。

那时欧阳正德住在朝天门河畔的半山别墅，望着远方的长江和雾茫茫的山城，却觉得人生如梦，自己行将老去。

这一场婚姻，不过是向现实妥协的结果。欧阳正德不得不承认的是，无论是刘彩艳还是岳父，都对自己挺好的，也很尊重他这个知识分子。岳父也很快动用关系，把他从攀枝花的大专调到了重庆的大学。

生活非常安逸，但欧阳正德总是觉得无法和这个称雄一方的大家族融在一起。婚后的刘彩艳，沉溺于麻将、服装、美食、言情剧、出国玩，与爱好文学艺术的欧阳正德根本谈不到一块，有时吵起架她还骂他是土包子、老古董，但欧阳正德一提离婚，刘彩艳又立刻服软了，低声下气做好菜好饭给他吃，哄他开心。刘家在当地是大户，家风保守，觉得离婚会被外人取笑，而且已经退居二线的刘父莫名地很欣赏欧阳正德。两人下棋，欧阳正德就从来没输过。

"这个小子,就是还没出山的诸葛孔明啊!"见惯了政治风云的岳父有先见之明地判断,"他肯定会出人头地的!"

欧阳正德低调做人,不求有功但求无过,但住在大别墅里,他却觉得像住在一个大牢笼里。当刘彩艳出门玩的时候,他就独自望着远方的解放碑发一天呆。

前年,他向学校申请了一个年假,独自去了云南的腾冲、泸沽湖、西双版纳,在路过丽江时,命中注定地遇见了吴海和黄亚明。

于是他选择赴京创业。

离开了故乡,门里虫就会一飞成龙吗?

在无人倾诉的夜里,他偶尔会梦见一片卧虎藏龙的竹林,有一个女孩,在竹林的深处嘤嘤地哭泣……

他还是忘不掉她。

家里的那些琐事,欧阳正德从来没告诉金三角影业的任何人,但不知为何,他却原原本本地告诉了陈美。陈美双盘美腿,斜斜靠在日本料理的榻榻米上,眯着眼听着,仿佛一只猫妖化身的美丽妖姬,在听一段平安时代的宫廷趣事。

小蝴蝶可爱地拿着一个加州手卷,吃得嘴角都是红通通的鱼子。刺身有一种残忍的好吃,直面生活的鲜活乱跳。寿司讲究一口吞,才能完整地品尝人生的酸甜苦辣。

吃完料理,他们一起逛了日坛公园。

在绿草如茵的公园里,欧阳正德买了一个花哨的大风车给小蝴蝶。小蝴蝶接过风车,迎着风轻快地跑着,突然回头,意外地喊了欧阳正德一声——"爸爸"。

欧阳正德正直温和的脸顿时臊了。

"傻孩子,别乱叫。"陈美尴尬而暧昧地解释说,"小孩子不懂事,觉得爸爸是天底下最甜的称呼。"

欧阳正德的心也软了,他耐心地陪母女俩玩了一个下午,又亲自开车,无微不至地把她们送到了北京南站。

欧阳正德不喜欢开车,黄亚明喜欢开快车,但是技术一般。吴海的车技很好,因为他以前在纽约玩过街头飙车。

作家都是多愁善感的,欧阳正德觉得特别不好管理这一群自由散漫的签约作者。

郭绣雪就经常让欧阳正德半夜三更去机场接她。郭绣雪是个喜欢旅游的人,一拿到稿费就出国玩,每次看她微博,一会是冰雪皑皑的阿尔卑斯山,一会是火辣炎热的巴厘岛,一会儿是南美古老丛林里的羽蛇小庙,一会儿是繁华时尚的米兰街头……

如果欧阳正德在年轻的时候遇见郭绣雪,他一定会爱上她的。欧阳正德是个才华横溢的诗人,郭绣雪是个阳光活泼的才女。

郭绣雪给黄亚明写过歌词,黄亚明就很欣赏她的脑路清奇,创意无限。可能因为去过很多地方,她的脑袋里充满了古灵精怪的东西,写的剧本也富有想象力,总是上天入地,天南海北,但很多脑洞大开的情节都需要昂贵的特效去完成。

因为要赶剧本,郭绣雪还辞去了许多旅游网站的邀请,对了,她还是一些旅游网站的旅游体验师、酒店试睡员等。看到郭绣雪为了公司这么静心地创作,欧阳正德挺感动的,也不时约她出来沟通进度,聊天放松。

郭绣雪住在大悦城附近，周边吃喝玩乐都很方便。她约欧阳正德去体育馆溜旱冰。她穿着蕾丝公主裙，像燕子一样翩翩飞舞，而欧阳正德像一个笨重的机器人，笨手笨脚，不时摔个四脚朝天。

他们也一起去爬过野长城，郭绣雪一路领先，身手敏捷，而欧阳正德也不甘落后，在山顶向天长啸，引吭高歌。

"看不出来嘛，你腿脚挺利索的。"郭绣雪说。

"我在峨眉山跟猴子练过。"欧阳正德神秘地做了一个转头呼吸的动作，"这叫龟息功。"

"哈哈，"郭绣雪采了一朵野花，戴在头上，"我还小龙女，不食人间烟火呢!"

欧阳正德不禁觉得自己变成了一个隐居山林的大侠，有如此古灵精怪的娇女相陪。

他们也拜访过谭嗣同的故居及遇难的菜市场，去过各种名胜、遗址，甚至还半夜去过朝阳街著名的鬼屋。结果郭绣雪还装鬼，吓哭了一个路过的黑人老外。

"欧阳老师，我和你签约，就是你的人了，你可要照顾我一辈子哦。"和欧阳正德去北大未名湖游玩的时候，郭绣雪撒娇地说。

"放心，只要有我一碗饭吃，就少不了分你一口。"欧阳正德答应说。

"才一口呀？全给我，你喝米汤，行不行，行不行?"郭绣雪拉着欧阳正德的手娇嗔道。

那时候，夕阳斜照，湖面洒金，欧阳正德觉得他俩真的就像民国故事里的才子佳人。

望着湖水对面的一垄绿竹，他想到了什么，轻轻地抽回了手，这时手机恰到好处地收到一条短信，欧阳正德看罢，对郭绣雪说："呃，晚上还有个饭局，就不送你了。"

"没关系，我自己坐地铁回家。"郭绣雪笑靥如花，却掩藏不住眼角的一抹失落。

原来宋智丽通过韩国的朋友，找到了一线男星张不凡的经纪人——宽少。吴海、黄亚明、欧阳正德一起在盘古七星酒店宴请新人巨星张不凡。

张不凡原来是个十分平凡的中国少年，有天在街头玩滑板，遇见了星探，被送到韩国培训了两年，就莫名其妙地火了。

饭局约好七点。结果一直等到九点，张不凡才戴着一副墨镜，穿着全身叮当响的貂皮大衣，和经纪人宽少姗姗来迟。

"哎呀，什么一个亿的大电影？"宽少吊儿郎当地翘着兰花指说，"我们小凡接的戏都是两亿起步，美金，美金哦。"

黄亚明一眼就看出宽少是个 GAY，老是色眯眯地盯着自己。

"《汉江怪兽》？不会是弱智的中国版奥特曼吧。"张不凡跷着二郎腿，用一个北京瘫的表情表露出他的兴趣。

"这部戏准备去韩国取景，借助您在韩国的强大影响力，掀起一股风靡狂潮。我们还会邀请好莱坞特效团队，帮你进一步打开海外市场。"吴海承诺。

"这个故事太老套了。"张不凡丢掉剧本，高仰着头，喝了一口红酒，"噗"地吐了出来，"这是什么破玩意？都酸了。"

"一瓶两万元呢。"黄亚明赔着笑脸说。

"我家一瓶没有少于八万的。"张不凡说，"美金，美金哦！"

"对不起,小张,你刚才拿了我的酸梅汁……"欧阳正德在一旁弱弱地说。

张不凡白了欧阳正德一眼,但是被他身上那种传统文人的浩然正气、威严肃穆给震慑住了。

"编剧老师,您这个环保概念,还是很国际化的,我们再看看剧本吧。"张不凡不知怎么就退了一步说。

"服务员! 开酒!"吴海大手一挥说,"放心,故事还可以打磨,可以按照您的角色修饰,这剧本就是为您量身打造! 请您相信我们……"

"我凭什么相信你们? 北京打一枪换一炮的公司还少吗?"张不凡戗吴海。

"咳咳,你们有过什么作品呢?"宽少补刀。

"我,我以前也客串过一些情景剧……"黄亚明尴尬地说。

"电影圈不仅靠钱,也靠作品和背景说话的。"宽少摸着宋智丽裸露的肩膀说,"要不是小妹妹求情,我们连这顿饭也没空来吃。"

"浪费时间!"张不凡不耐烦地按着最新款的镶钻手机。

"您就直接开片酬吧!"吴海没辙了。

宽少伸出一根指头。

"一千万?"黄亚明吃惊地问,"刘天王出道这么多年,也才这个价吧?"

"不,是一个亿。"宽少像青蛙一样咧开了嘴,斩钉截铁地说。

从盘古酒店出来后,吴海朝开着玛莎拉蒂跑车远去的张不凡和宽少竖了个中指,骂道:"一个亿? What the fuck!"

"其实这个电影用自己家签的新人就可以了，"欧阳正德说，"省下来的钱花在制作上，多好。"

"在国外有很多用新演员博得大票房的经典案例，比如温子仁的惊悚片。但在国内，纯粹起用新人能赚钱的大片，真的太少了。"黄亚明无奈地说，"这就是中国电影圈的现状。"

"他这么跩，红不了多久的。"吴海判断。

"吴宗宪说过，没有谁最红，只有谁当红。"黄亚明说，"我当红的时候，黄耀明还找我签名呢！"

"切，你就吹牛吧。"欧阳正德走在冷风中，叹了口气。

"张不凡！张不凡！"前面堵车，一群少男少女不知怎么看到了张不凡的跑车，疯狂地冲了上去要签名。

"疯狂粉丝。"黄亚明摇了摇头。

三人开车离去，那晚上花了十万元，美金，美金哦！却只打了个不起眼的水漂。

自从在张不凡那里碰了一鼻子灰，接下来的情况连续不妙。

台湾的李导演公司回电说：没有档期。著名的张导演秘书说：他现在手头就在做一个怪兽片，不想重复题材。

"如果找不到合适的导演，我们不如找国外的导演？"吴海提议。

"日本做怪兽片不错。"欧阳正德建议。

"就找那个专门拍黑帮片的老头如何？"黄亚明说。

"不行，中日关系紧张，怎么能用日本导演？"吴海反对。

"不然全部用日本女星，宅男们肯定爱看！"黄亚明出馊主意。

"低俗!"欧阳正德反对。

"其实现在我们最缺的还是钱。"吴海冷静了一下分析说,"只要有钱,名导演和一线演员都可以谈。"

"这就是娱乐圈的巧妙之处了。很多明星对外一个价,对朋友一个价。你信不信,如果张导演请张不凡去拍戏,不要钱,他都可能去?"

"他们是亲戚吗?"欧阳正德问。

"去你的。"黄亚明点了一支烟说,"圈子里论资排辈,不是所有事用钱都可以搞定,但没有钱,真是什么事都搞不定。"

"嗯。"吴海沉吟了一下,"我再想想办法。"

"凡事都用钱搞定,未免没有技术含量。中国那么多土豪矿主,也不见得谁能拍出好电影,还是要四两拨千斤。"吴海说。

"你们别吵了,"欧阳正德充满哲理地说,"天时不如地利,地利不如人和。只要我们兄弟齐心……"

"其利断金!"

8　砸锅卖身押房子

接下来的两三个月,吴海通过各方关系,每周起码见几十个投资方,但收效甚微。钱少的他看不上,钱多的又看不上他,高不成低不就,还有很多大型的投资机构需要各种烦琐复杂的进调、过会,各种烦冗的程序,真让吴海等人疲于应付,效率低下。

房地产商娄发财拿了一套房子给公司当投资,黄亚明挂在中介,看房的人很多,却怎么也敲不定。黄亚明都怀疑那房子是不是凶宅。一开始卖八百万元,一直卖不掉,黄亚明就五十万五十万地降,到最后降到六百万,才有个买家要成交。

黄亚明和善于谄媚的中介小妹屁颠屁颠地去和买房人见面。那买家是个光头,五十岁左右,一口费劲的广东普通话。

"房子买多久了? 唔(没)发生过凶事吧? 我能看看房产证、户口本、身份证、结婚证吗?"光头佬一口气问了许多问题,就差没脱下黄亚明的皮带看看内裤颜色了。

"你们公司做什么的,哪来的房子?"光头锲而不舍地问。

"影视公司,一个投资人的房子。"

"电影公司?"光头激动地拉住黄亚明的手哇哇大叫,"那我们是同行了?"

"你是?"

"我叫马尚! 是一个泰国导演。"光头自我介绍。

"泰国也有电影?"黄亚明怀疑地问。

"那当然啊,鬼片很有名的。不过我常年在香港发展啊。"光头导演掏出名片说,"我们一定可以合作的。"

"这是你的地址? 帝都禁苑桑拿会所……"黄亚明怀疑自己高度近视。

"歹势歹势,拿错了,还是扫个微信吧!"光头导演手忙脚乱地掏出港版苹果手机。

"你拍过怪兽片吗?"黄亚明反问。

"拍过啊,《桃花怪大战白骨精》,邵氏出品的。"马导演说,"我都常常拍武侠片的,也得过金马奖和金鸡奖啊,不过那都是几十年前的事了。"

"这么厉害? 果然是前辈啊!"黄亚明说,"明天来公司坐一坐吧。"

黄亚明也掏出一张名片,刚想发出去,一看赶紧收手,自己的那张名片也拿错了,上面赫然写着"天堂人间高级会所"。

"幸会幸会,帮我留着你的大 house(房子)啊,我好中意哩。"光头导演点头哈腰地钻入了一辆的士。

人靠西装马靠鞍,马导演第二天换了一身老款的三件套西装,还戴了一顶长假发,揣着瑞士手表,俨然刚从南洋风尘仆仆地回到祖国故土。他郑重地在公司门口摸了摸头,整理了一下仪表,才慎重地按下了门铃。这被坐在门口的漫画家小晴看在眼里,笑得连咖啡都喷了出来。

金三角影业的大熊、Linda 等散兵游勇也各自提前做了调查,这个马导演是武行出身,的确参与了很多卖座电影,不过都是做一些辅助工作,电影得奖也是真的,但都是其他主创得的,和他只有拐弯抹角的关系。

欧阳正德客气地把电影剧本给马导演看了,他看完,连声说"好犀利"。

"您好像都没看完吧。"欧阳正德怀疑地说。

"能投资的电影剧本都是好的。再好的剧本没人投钱也是不好的。"马导演很实在地说。

"我喜欢真小人。"黄亚明欣赏地说。

"现在香港电影、台湾电影不行了,大陆的水平现在是最高的,再过几年,连好莱坞也要来多多请教了。"马导演讨好地说,"鄙人看贵公司人才济济,万分诚恳地希望有合作的机会。"

"其实我们这个电影剧本,正缺一个导演。"吴海开门见山地说,"您是前辈,有兴趣参加吗?"

"有,当然有!"马导演仿佛被天上掉的大馅饼给砸晕了,用手搓着脑门说,"不过我现在北上发展,正在买房……"

"那个房子卖他多少钱?"吴海是绝顶聪明之人,心领神会地问。

"娄先生说市价八百万。"黄亚明说。

"打个八折。"吴海说。

"六百万可好?"黄亚明开价。

"不如这样?"马导演晃动一个巴掌。

"嗯,房子就给你了。"吴海握住了马导演的手,轻描淡写地说,"钱房两清,亚明,你马上写个合同给导演。"

"是不是少了?"制片主任大熊蚊子哼哼般地提醒。

"现在是用人之际,马上签约!"吴海发号施令。

黄亚明和欧阳正德也想要阻止,但话已出口,已经来不及了。

于是《汉江怪兽》的导演也找到了,华语片老牌武侠导演——马尚马导演重出江湖!

这段时间里,金三角公司一直没进钱,但每个月花销却像流水一样。黄亚明查了一下户头,账面只有五百万现金了。

四海之内皆朋友,神通广大的周书记介绍了一家大型的国有基金机构,过来考察投资金三角影业。

看了金三角公司的收支流水后,对方的调查人员连连摇头:"只出不进,账目混乱,连出纳和会计都没分开,嘴巴和屁股都不分,能不生病吗?"

"吴海啊!"周书记语重心长地说,"做公司不是搞兄弟会、过家家,还是要按照法律和市场的规则来嘛。"

吴海听了,起初不以为然,但经过多次和投资机构的对接,却发现连连受挫。

但吴海心里有个赌气的打算,实在无法融资,就自筹资金,先拍出来,震惊整个影坛,扬眉吐气,然后再溢价股份,从中赚钱。

我一定要走别人没走过的路,做别人做不到的事情!

只有被嘲笑的梦想,实现起来才有价值。吴海一厢情愿地想。

咯噔! 没想到,还真的来了个大金主。

这天,娱乐圈的头号大法师黑龙王专门给吴海打了个电话,说有个加拿大的华侨回来投资文娱事业，想大举进军电影业。

吴海赶紧发动车子，跑到雍和宫去。那个华侨叫杰克，穿了一件海贼王的外套，他自我介绍的时候，把杰克念成贼哥。此人据说才二十多岁，却染了一头白发，眼窝深陷，脸色发青，看上去有点肾虚的样子，但是说话浮夸，动作野蛮，动不动就说"十亿美金砸你全家"。

吴海把金三角公司的基本情况说了一遍，杰克听了之后，对几十个艺人的长约合同很感兴趣，还表示现在网络主播很红火，应该继续加强，扩招人马，做个大型的网红经纪公司。

"我投你三千万！"杰克当场就决定了。

真是踏破铁鞋无觅处，得来全不费工夫。吴海就在现场和杰克签了一份投资意向书。

回到公司，吴海把得到三千万投资意向的好消息给大家说了，还把和杰克的合影给大家看。

Linda 一看，马上说："这个是什么加拿大华侨。他明明是西北某省武部长的儿子，是个如假包换的官二代！"

"你怎么知道？"黄亚明问。

"我以前当记者的。几年前，东二环出了个车祸，撞死人了。当时开车的就是杰克！后来听说他爹把他送到国外去避风头了。再后来，武部长也主动提前退休，安全着陆了。"

"原来如此。"欧阳正德提醒说，"吴海，这种来历不明的钱我们还是小心使用。"

"这样，反正签的是意向协议，而且他只投电影，不投公司。我们就先按住他,当一个备胎资金。"吴海舍不得完全丢掉这根线。

大家无可奈何,也觉得暂时只能这样。

谁知道杰克也不是省油的灯,没几天就主动催吴海来签正式的投资协议。

吴海推辞说电影的盘面还没码好。杰克说:"没关系,我先打钱给你。这年头没有付出真金白银,怎能代表我的真情真意?怎么样,给个账号,私人的也行。对了,吴海,你不会玩我吧?嫌我的钱脏还是怎么着了?你不要我的钱,就是看不起我嘛……"

吴海和他玩太极一样,你推我闪地扯了一个下午,从没见过这么热情的投资人。

吴海想想有点不对劲,就打了个电话给老谋深算的周书记。

周书记在电话那头嘘嘘嘘地啜着茶水,语重心长地说:"嘿嘿,我认识杰克的爸爸,前年他被查了,后来也不知道怎么过关了,但吓得够呛,于是主动退休了。杰克这么做,可能是在洗钱。他要把一些来路不明的钱,投到电影里来,等拍完,折腾一下,就成了合法的收入。在电影行业最火的二十世纪九十年代,香港的黑社会都是这么干的。所以有个很有名的电影人,至今还被加拿大政府拒绝移民。"

吴海一听,汗都滴了下来。但是生生地放走三千万,又很不甘心,他陷入了骑虎难下、进退维谷的两难境地。

公司终于赚了一笔钱。

有家视频网站要做影视剧版权储备,想收购一百本小说的版权。对方平台的负责人,江湖人称"火狐狸",刚好是欧阳正德的文友。谁都难以相信,火狐狸居然是小学肄业,他以前是开书店的,专门出租黄色盗版小说,后来开了一家网络文学站,再后来他的网站被某财团收购了,他就被招安成了集团旗下子公司一个视频网站的版权主管。从一个偷文贼到版权经营者,这难道不是对文学圈的讽刺吗?

发福得好像加菲猫的火狐狸来公司谈了两次,最后以一本二十万的低廉价格,买走了五十本书的影视改编版权,总共是一千万,税后八百万左右。"欧阳疯!以后你公司若做大了,别忘了我!"火狐狸机灵地说。

吴海是个聪明人,从自己卡上掏了八十万,叫助理飞了一趟福建,找莫老先生买了一块红黄白芙蓉三彩印章,雕刻成狐狸首丘的样子,莫老亲自篆刻了火狐狸的大名,刀法火候老到,这印章价值不菲,火狐狸很是受用,把玩着爱不释手。

莫老先生一叶落知天下秋,没有过问电影的任何事情。

欧阳正德做成这一单,稍微缓解了一下公司的燃眉之急,还买了一些笔记本、电脑、手机当作公司福利送给签约作家们。那些作家都是很单纯的人,收到礼物还感激不尽,撰文纪念,更加勤奋地写作,生产版权来回报公司。这和那些不停索取、不知恩图报的小人形成了鲜明对比。

欧阳正德更觉得自己任重道远,身上有几十号人的信任。公司如果搞砸了,很多人可以拍拍屁股就走掉,但是欧阳正德不行,这些作家是他一辈子的朋友,除非欧阳正德饿死,否则他绝对不会辜负他拉来的这些兄弟。

黄亚明也每周组织一些大大小小的演出,带着公司的艺人去走穴演出。但因为都是新人,出场费参差不齐,偏偏还有些人得了便宜卖乖,一边花着公司培训包装的钱,一边还嫌出场费不高,想要跳槽。

有几个艺人还不听话,有的在夜店打架,有的争风吃醋,还有几个甚至去当色情主播,还被公安局抓了。黄亚明半夜三更去派出所担保捞人,也真是没少操心。

"能红的那些艺人,都不是白痴。"黄亚明最近越来越觉得自己像个给一群小王八蛋把屎把尿的大白痴。

上海大江集团的高总又来了一趟北京。他每个月至少来一趟北京,每次都借着出差的名义,其实大家都知道他在北京丰台区养了一个可以当他孙女的"小蜜"。

这个高总真是很有意思,一直说投钱,却一直不行动。如果是吹吹牛皮也就算了,却三番两次来打探军情。黄亚明总结了一下,这个高总是个深不可测的葛朗台,他的投资风格是不见兔子不撒鹰,一定十拿九稳了才舍得出血本。

"这次我给你们介绍一个人,保管成!"高仁拍着胸脯,打下包票。

"谁?"

"三太子!"他神秘兮兮地说。

"三太子?"吴海一听直摇头。

和三太子的饭局在颐和园附近的一个清朝王府里举行。那个王府里随便一个古董壁橱就值几千万。黄亚明开玩笑说,把半个王府卖了都可以造一艘航空母舰了。

那天来的不仅有高仁、若干个退休老干部,还有几个文化口的官员,以及慕名而来的跨国企业的高管,那些满口ABC,夹杂礼义廉耻、爱国情怀的假老外就喜欢参加这样高格调、摆姿态的饭局。

没有人知道三太子的真实名字,或者大家都心照不宣。他四十岁左右,穿着一件水墨唐装,将军肚,梳着一个瓜皮头。

三太子说话瓮声瓮气的,动不动就搬出紫光阁和玉泉山两大法宝来。

吴海那天喝了一瓶茅台,晕头转向的。黄亚明没有喝多,但是三太子一直强求他下次多带几个公司的美女艺人来作陪,黄亚明答应也不是,不答应也不是。

"来,太子哥,我敬你。"丁当涂着鲜艳指甲,柳枝一般的双手高高举杯。

丁当是黄亚明刚签的一个艺人,有一双性感的桃花眼,穿一件露背的吊带裙,后脖颈还有一个Kitty猫的文身。她长得很像一个港姐,识得场面,懂得搞气氛,让酒桌上的男人都嘻嘻哈哈,十分尽兴。公司的其他艺人,有的太木讷,有的又活跃过了头,甚至没大没小、没轻没重。

比如有的女的居然问基金老总:"老板,你今天开什么车来的?"这不明显在钓鱼?

有的傻傻地问:"你这么晚不回去,不怕老婆查岗?"这不没事找抽吗?

"哈哈,你叫丁当,那丁咚、丁零呢?"三太子借着醉意问,"我是三太子,我最喜欢三驾马车了。"

"太子爷,你真是太坏了!"丁当啐了他一句,转身去招呼高仁等老头了。丁当的英文和法文也相当好,好多老外都为她着迷,她是黄亚明的一员得力女将。

欧阳正德默不作声地观察,这种觥筹交错、称兄道弟的大场面有时让人作呕,却又不得不吞下去。

"小伙子,听说你要拍电影?"酒过九巡,三太子终于进入了正题。

"是的,太子。"吴海红着脸,大着舌头说,"这,这是一个中国人在朝鲜打超级怪兽的主旋律故事。"

"新时期的抗美援朝,好! 这个电影有现实意义,表面上打的是怪兽,实际打的是资本主义列强!"三太子总结道。

这都可以? 黄亚明叫道:"领导的觉悟就是高!"

高仁插口道:"太子,您要不要拨点款来支援一下文化产业啊?"

"没问题,不就是一个亿吗? 陈总,喂,那个卖水泥的陈总!"三太子像叫一条狗。

陈总正在和人热火朝天地商讨基建和拆迁的事情,闻声顿时打了个被吓到的酒嗝。一桌的女人都笑了。男人们都极力忍住了,关键时刻,笑不得。

"你帮我投五千万给那小伙子。"三太子又郑重地交代,"还有那个卖奶罩的杨总,你也投五千万。我自己也投一点。"

三太子就在众目睽睽之下,叫了手下过来,拿出一个卷轴,摊开一看,是某皇帝写的四个草书大字:大好河山!

"这张字,可是无价之宝,你们谁掏钱买了,挂在公司门口,我

105

敢说整个中国，不，整个地球，可没人敢动你们半根毛。"

那几个企业家看到皇帝的御笔都欣喜若狂，又是拍照，又是膜拜，还果真有个冤大头花了三百三十三万，写了字据，立刻买了下来。

三太子又拿出若干古董，据说都是从故宫、秦始皇陵之类特殊渠道流传出来的宝贝。也有企业家激动地买了下来。

"这张给我！"

"那张墨宝，割爱给我吧！"

"太子，你这张不卖我，就是不把我当朋友了！我都跪了！卖我吧！"

"你本来就不是我朋友，"三太子诮得那个人像皮皮虾一样从头红到脚，瞬间三太子又搂着他肩膀说，"我当你是哥们嘛！"

"啊哈哈哈，太子幽默！来，走一个！我先干为敬！"

"电影的钱我明天叫人送到你们公司。"三太子借口上厕所，溜之大吉。

那个晚上吴海去埋单，大鱼大肉，竟然花了七十多万，再次刷新了创业以来的埋单纪录。

饕餮盛宴过后，到了第二天，乃至第二周，三太子的钱都没有打过来。倒是有家卖卫生巾的外资企业，吴海都记不起来的那天晚上的一个老外老板，打了五十万人民币到丁当的卡上，说是给电影的赞助费。

"这钱你就留着自己花吧。"黄亚明拍板说。

吴海去问高仁，高仁说："别提了，那天晚上好几个朋友，都被三太子骗走了钱。"

"什么情况?"吴海问。

"那个字画我拿去荣宝斋鉴定过了,不是真迹。"高仁哭丧着脸说,"我也买了一张墨宝。"

"你们都太有才了!"吴海同情地说。

"我也是听朋友介绍的,哪里知道真假?"高仁说,"你没什么损失吧?"

"也就失去了信任。"吴海直接地说。

"哎!京城这样的骗子很多啊。"高仁红着脸,拍着大腿说,"那天晚上来的干部、高官、军官,估计都是假的。"

"做戏做全套?"黄亚明也不由得佩服骗子的胆大心细。

"你们不去找他算账?"

"这种事真真假假,"高仁说,"搞不好他身边的确有那样的大人物,或者他就是那个大人物的司机或者厨师,一般人惹不起的。"

吴海没有再抱怨什么,高仁也许这次良心发现,没几天亲自来到公司,用个人名义投了《汉江怪兽》一百万元。

黄亚明说:"高仁就是只老狐狸,搞不好他和三太子一起做局,一晚上骗了几千万,给我们一百万,这生意算盘,啧啧,还好那天晚上我们没有买字画。"

欧阳正德心明如镜,郑重地说:"术业有专攻,我们还是不要指望走偏门,老老实实地按照正常渠道去融资吧。"

"一亿看上去真有点遥遥无期。"黄亚明有点沮丧地说,"不如我们就拍个小成本的,三千万以内搞定。"

"是啊,三千万,票房三个亿,可比成本一个亿、票房十个亿的利润高哦。"欧阳正德说。

"回报率是王道。"黄亚明说,"没听过吗?影院最赚钱的不是卖电影票,而是卖爆米花可乐!"

"不行不行,要拍就要一鸣惊人,一步到位,一步登天!"吴海一意孤行地说,"钱的事情,还是我来负责吧!"

公司开了大半年,已经是北京最炎热的八月天气。每次吴海在酒店叫外卖,都看到外卖员满脸汗水,甚至能闻到劳动人民的一股体味。

吴海每次都礼貌地给点小费,或者让前台送几瓶矿泉水给外卖员。在炎热的太阳下,他突然想起了以前在唐人街洗碗的时候,永远分不清身上衣服的污点是汗水,还是洗洁精,或者是肉类的血迹。

黄亚明请宣传总监 Linda 炮制了几篇公司艺人和作家的新闻,发在各大门户网站、手机、媒体平台等,倒是博得了一些眼球,也有些记者捕风捉影,来问《汉江怪兽》的进展。黄亚明都讳莫如深,并表示资金充裕,正在积极开发,请大家拭目以待。这种虚虚实实的做法,倒着实让很多外界的人迷惑,以为金三角影业实力深不可测,正在闭门制造电影界的惊天原子弹。

欧阳正德还组织作家们去了张家界创作采风。这一次采风,郭绣雪和陈美都去了。但陈美只待了半周,就推说要回去照顾女儿,先行离开了。

"她肯定吃醋了。"协助组织活动的漫画家小晴说,"每天晚上郭绣雪都去你的房间找你谈剧本。"

"那是工作啊。"欧阳正德身正不怕影子斜。

"呵呵,你没听过吗?唯女子与小人难养也。"小晴暧昧地说,"我看出来郭绣雪很崇拜你呀,还偷偷问我你平时在公司是什么样子的。"

"还不是老样子。"

"你听过一个理论吗?你怎么能知道一个东西在你看不到的时候,还是原来的样子呢?"小晴高深地问。

"你的意思是我是伪君子?"欧阳正德说,"君子慎独,不欺暗室。"

"欧阳老师,讲真的,你出门这么久,都没一点点生理需求?"小晴大胆地追问。

"我受够了!离婚!离婚!"欧阳正德无法忘记,那年,妻子刘彩艳冲进大学课堂大吵大闹的脸。那么漂亮的一张脸,也会变得像夜叉一样可怕。

偏偏那天欧阳正德在大实验室上公开课,下面有一白多个学生和十几个旁听的大学同仁。

"有事回家去说,这里大庭广众的。"欧阳正德站在投影仪前,低着头求妻子。他的影子扭曲成一张诡异变幻的皮影。

"你看你像个男人吗?天天钻在书本堆里,不懂人情世故,不懂享受生活,你这样活着有什么意思?"刘彩艳把一份医院诊断报告书丢在欧阳正德面前,河东狮吼道,"这么多年了,连个娃都没有。你自己看看!这是医院刚给我出的诊断证明,我刘彩艳是没有任何问题的!问题在你,快去治治你的病吧!"

"欧阳老师不能生小孩……"

"他是太监,怪不得练气功,欲练此功,必先自宫……"

"欧阳太可怜了……"

好事不出门,坏事传千里。各种风言风语在大学里传了出来,像瘟疫一样传遍了学校。

欧阳正德就是去食堂打一份面条,那个中年阿姨也用看贼的眼光乜斜他,还戴着手套给他打饭,打完了用肥皂洗五分钟的手,好像他得了传染病一样。

众口铄金,欧阳正德无地自容,他就像一只光天化日之下无处可逃的老鼠。

树挪死,人挪活,他不得不走。

于是他请假,独自出了远门,却没想到,那是另一段红尘修炼的肇端。

黄亚明也很烦。

丁当在演出现场被变态狂性骚扰,还好被保安拦住了,不过那个骚扰者就是另一个保安。

黄亚明为此给公司的每个艺人都发了辣椒水、电棍,还买了人身保险。有艺人一直问公司的电影什么时候开拍,也有不少艺人背着公司,在外面接活,或者做墙头草,两边倒,还有的违规拷贝艺人资料卖给外面的猎头和商业间谍。

晚上回到家里,宋智丽吵着要买房:"这个月房东又涨房租了,北京的房子太贵了!你真当我这里只是旅馆,有空就来住几天,连水电费都不交!你当我是妓女吗?妓女还收钱呢!"宋智丽一激

110

动,就叽里咕噜地说起韩国话,黄亚明的头都大了。

"钱钱钱!别和老子谈钱!"黄亚明也窝了一肚子火,直接把锅碗瓢盆都砸了。

"本来去年都说好了,把你二环的房子装修一下,我们就结婚,现在呢?房子没了,电影也没拍出来!"宋智丽气急败坏地说,"你到底要我,还是要公司啊!"

"你以为我乐意啊!"黄亚明灰头土脸地叼着一根烟,狼狈地说,"现在音乐圈都知道我在搞电影,我还能像乌龟一样缩回去吗?我好歹是个黄总,总不能让别人笑话我这事干黄了!"

"你就老老实实去唱歌,踏踏实实地走秀,肯定能攒下钱的。"宋智丽苦口婆心地说,"实在不行的话,我们一起回仁川,我外婆在老家给我留下了一套小洋楼,面朝大海,春去秋来。"难得宋智丽还这么有诗情画意。

"是春暖花开!"黄亚明教训说,"但你知道不,写这个诗的人自己都自杀了!"

"我要你开心地活着,我要我们在一起!"宋智丽哭哭啼啼地抱着黄亚明的大腿说,"和你在一起,喝粥都可以。"

"去你的韩国泡菜,老子不吃!"黄亚明抓起桌子上的酒瓶就往地上砸。砸了杯子砸盘子,都砸完了就砸电脑、砸手机、砸脑袋……

"我们就分手吧!"

"什么?"宋智丽泪流满面地问。

"我们完蛋了!"

"你,你说什么?"

"我说我们完了！分手啊！"黄亚明恼羞成怒地一甩门，光着膀子、穿着内裤就冲出了公寓。

"这个男人好变态哦！"楼下的女生厌恶地说。

"可是他有人鱼线啊。"

"这，这不是那个歌星吗？快拍照，快拍照……"

"咔嚓，咔嚓……"

"拍你妹啊！"

"唉！"心力交瘁的宋智丽无力地瘫软下来。冷风吹入房间，满地的凌乱，桌角黯淡的小蜡烛下压着一张医疗诊断报告。超声显示：孕约八周……

下午，外婆特地从韩国打来的电话还在耳边回荡："丽丽，别跳舞了，你毕竟是要当妈妈的人了……我等着喝你们的喜酒哦……"

宋智丽忍不住泪流成河。

黄亚明穿着内裤冲进了楼下的便利店，年轻的收银小姐还以为他是变态，差点报警。

还好黄亚明常常半夜来买烟，认识副店长。他赊账买了一条沙滩裤，一件背心，又借了五十块钱。

黄亚明站在街边，打了一辆的士。

"先生，去哪里？"

"去哪里都行。"黄亚明不耐烦地说。

司机一看，就知道黄亚明心情不好，在胡同里兜了一圈，把黄亚明送到了三里屯的酒吧一条街。

"先生，八十元。"

"我只有五十。"

"没钱打什么车！"司机凶巴巴地吼。

"砰！"黄亚明给了司机一拳，司机的眼睛肿了，司机后来花了两百五十元的医药费。

黄亚明从小就长在北京胡同里，他出生于戏剧世家，爷爷是著名京剧演员，唱花脸的，梅兰芳的同事。奶奶也是个名媛，曲艺翘楚，但也有人传言奶奶是八大胡同的头牌。

爸爸是个武生，非常能打。江湖都说不能和戏子打架，因为他们练功狠，转练武术的话，出手更狠。爷爷和爸爸都在"文革"期间受到了强烈冲击，被红卫兵往死里打，就怕以后黄家会报仇。爷爷受不了这口气，就上吊自杀了。爸爸也被发配去了边疆开荒。所以家里特别不希望黄亚明进入戏剧这行。

黄亚明的妈妈是个钢琴教师，和黄爸爸是在北大荒上山下乡的时候认识的。那时黄妈妈是当地知青的女神，后来黄爸爸在一个秋高气爽的日子，趁着黄妈妈在溪边洗衣服的时候，和她好上了，撒下种子，于是就有了黄亚明。

黄亚明打娘胎运气就不错，妈妈怀他不久，政策就允许回城了。他从小是跟着祖母长大的，祖母每天都开嗓，咿咿呀呀地唱上一段，黄亚明耳濡目染，也受到了音乐的熏陶。

黄亚明八岁的时候，在放学路上，被一个导演看中，演了当年最火的一个电视剧，成了一名赫赫有名的童星。但是一回到学校，他就被同学们欺负，被打了个鼻青脸肿。

"哼！你在电视上不是演将军的儿子吗？你不是很能打吗？打扁你！打扁你！我们才是真正的将军！"多么幼稚而妒忌的

同学。

黄亚明回到家里，"扑通"跪在爸爸面前："爸，教我练功吧！"

爸爸望了一眼老态龙钟、拉着二胡的祖母。

祖母说："他不是读书的料，还得抛头露面讨生活啊！练吧！"

黄亚明就开始练扎马步、童子功，但他三天打鱼两天晒网，不过这些刻苦的专业练习已经足够吊打学校的"小霸王"了。

三个月后，黄亚明把欺负过他的同学一个一个地打到哭，喊他爷爷，送小人书给他。黄亚明自己摇身一变成了学校的"小霸王"，甚至每天在放学路上，调戏美貌如花的女同学。

以前爷爷在三里屯有个老房子，是养鸽子的地方。鸽子房里放了点旧物，黄亚明曾经偷偷看过不少经典的明清春宫图。黄亚明就带几个女生去鸽子房玩，并夺走了许多女生的初吻，没想到这个破阁楼现在拆了，成了全北京最火的酒吧。

"砰！"黄亚明推开了酒吧的门。

一股热气迎面袭来，音浪排山倒海，劲爆的电子舞曲顿时让人失聪。

黄亚明点了很多酒，白的、红的、黄的、彩色的……

这个酒吧的客人八成都是老外，不时有胸大臀翘的洋妞坐过来，和黄亚明推杯换盏。

黄亚明醉了。

他喜欢宋智丽，可是又讨厌宋智丽，甚至是害怕宋智丽。

他想就这么一直玩下去，不去考虑什么结婚、买房这样世俗而平庸的事情。他是个摇滚歌手，应该不食人间烟火，应该在最美好的年龄就死掉。他无法想象自己抱着襁褓中的小 Baby，一把屎一把尿，过着柴米油盐酱醋茶的生活……

其实黄亚明是一个长不大的小孩子。

他放纵，他轻狂，他桀骜不驯，他风流倜傥，他目空一切，他拍电影不也是为了显示自己与众不同，才情高耸吗……

黄亚明消费了上万块后，酒保终于让他先埋单。黄亚明掏不出钱，几个酒保过来狠狠地揍了他一顿，把他丢在酒吧后面臭烘烘的小巷里。

第二天，黄亚明醒来的时候，发现自己躺在一家高级的涉外五星级酒店里。

他掀开被子，发现自己是赤身裸体的。他恍惚记得，有一个全身麝香味道的黑人洋妞从胡同里把他拉了起来，好几个丰腴过度的洋女人抬着他，暧昧而淫荡地笑着……

9 唐人街传奇

在国内融资无门,吴海特地去了一趟美国。

美国是他的大本营,是他的避风港,是他梦想起航、御风飞行的地方。

吴海为了省钱,买了一张商务舱机票,还在东京成田机场转机。中途在日本机场撒了一泡尿,以示纪念。等他重新上飞机后,发现邻座那个猥琐的大叔已经下机了。

他正要闭目养神,突然后头有人拍了一下他的肩膀。

吴海回头一看,虎躯一震,惊讶道:"雪梨?"

"好久不见。"雪梨巧笑倩兮,如梦中人。

雪梨身高一米七六,一头波浪卷的头发,高鼻梁,厚嘴唇,很像美国总统特朗普的女儿。她身材火辣,智商过人,是吴海以前在纽约的女友。

吴海起身,坐到了后面。

时光荏苒,瞥一眼窗外的白云,吴海恍惚间想起,和雪梨一起在唐人街的英文补习班上课的画面。雪梨是广东人,家里还有三个兄妹。她说话习惯带个粤语的尾音,像舔不干净的麦芽糖。

"你来东京做什么?"吴海问。

"参加一个 VR 技术展。"雪梨说,"对了,我现在是洛杉矶一家视觉技术集团的运营总监。"她给了他一张名片,"**By the way**(顺便问），你最近在干吗？"

"我，我，我在拍电影……"吴海不好意思地说。

"拍电影？真有你的！"雪梨热情地说，"我可以帮到你啊！"

"帮我？"

"钱是没有啦。"雪梨耸耸肩膀，咧嘴笑着说，"不过我可以帮你们提供拍摄设备啊。最近的《变形金刚》也是用我们的机器拍的哦，现在刚推出一款 VR 拍摄设备，非常逼真生动。你要拍什么电影呢？"

吴海就把水中怪兽的故事讲了一遍。

"打败怪兽，保护母亲河！大家一定喜欢看的。一定要加上爱情，金刚从帝国大厦坠落，骗了多少影迷的眼泪啊。"雪梨爽快地说，"等你电影上映，我一定号召朋友们包场，还让报社朋友给你写影评，在推特、脸书和 INS 帮你宣传！"

"这些年，还是你对我最好。"吴海感慨地说，"当年，你不恨我骗了你的……钱？"

"Forget it（算了），一开始是很生气，可是后来知道你是拿钱去救你的兄弟。其实，我就喜欢仗义的男人。"雪梨大方地笑笑，阳光透过舷窗照在她的脸上，宛如希腊神话里的女神雕像。

"仗义每从屠狗辈，负心多是读书人。"吴海轻轻地搂住了雪梨的肩膀。

她犹豫了一下，也许就是一秒钟的时间，雪梨又轻轻地推开了吴海的手，轻轻地说："Sorry，我有男朋友了！"

美国。

遥远的美国,辉煌灿烂的美国,无数梦想成真、美不胜收的美国。

吴海是跟着芳姐来到美国的。

芳姐是一个传奇。

从中国到美国,从危地马拉到波多黎各,从 FBI 到 CIA,没有人不知道芳姐的大名。

她是蛇头的头,她是难民的神,她是华裔侨民的观音,她是美国联邦移民局的魔鬼!

十四岁的吴海真的已经忘了那是自己第几次偷渡了,无论是从欧洲陆路绕道,还是檀香山转运、南美洲绕行,芳姐的路线很少有失败的。但是吴海估计犯了太岁,几次都运气不佳地被拦了下来,遣送回国。

那时候从福建去一趟美国的偷渡费是五万美金,童叟无欺。偷渡费也是芳姐帮忙垫付的,当时五万美金可以在福州市区买一套五居室豪宅。

还记得和同村的几个小伙伴一起被五大三粗的水手塞进装满了腐烂蔬菜、肉类等的破旧货船里,在公海上几经周折,在美国海岸线又等候了一天一夜,小心翼翼地绕开了海岸巡逻队。当走私船成功地开到纽约海港自由岛的时候,吴海冒着被船长丢下船的危险,偷偷地爬出了货舱,远远地望见了高大庄严的自由女神像……

那是他一生中见到的最蔚蓝的天空——美国蓝!

遗憾的是,后来吴海才知道"蓝"在英文里是忧伤的意思,而且黄片在英文里也叫蓝片。

"我到美国了！我到美国了……"一股电流涌过吴海的全身，他流着眼泪，忍不住跪倒在甲板上。在船长的示意下，他和众多衣衫褴褛的难民一起跳到了冰冷的海里，朝美国的陆地不要命地游过去。

而不远处，美国海关、海岸巡逻队等也得到了线报，正开着马力十足的快艇，卷着白浪，轰隆而来。

上岸，转世为人的感觉。

年纪轻轻、乳臭未干的吴海到了美国，连一句英文也不会讲，英文字母到底几个数不过来。

还好纽约有很多华人开的店，福州话和广东话更是通行的工作语言。刷盘子、送外卖、擦地板、扫厕所、搬货物、扛尸体……什么脏活累活都干过。

吴海曾经去长岛的一个别墅送比萨，因一张百元美钞的诱惑，被一个白人老太太告他性骚扰。曾经去过黑人街区，被人用枪指着脊梁骨抢走了三十美金。吴海屁滚尿流地跑出老远，回头一看，那满是文身的抢匪正在吃一根香蕉。也曾经帮人送东西到码头，东西半路掉在地上，他打开一看发现里头是白粉。也曾经翻墙去偷东西，被一个老头拿着猎枪给轰了出去。也曾经在纽约地铁站乞讨，发现老外都不理他，于是就自学成龙的醉拳表演，有个好心的艺术家给了他一百美金，还鼓励他要学好英语，才能融入美国社会。

也就是在英语学习班，他碰到了营养不良、一脸羞涩的雪梨。

他们说，有缘的人，到哪里都会重逢。

雪梨在洛杉矶就下飞机了,他们依依不舍地分别。

"你来洛杉矶,我可以带你去好莱坞看看。"雪梨回眸的眼神里藏着台词。

"我要接着飞纽约。等我。"吴海努力不让自己的嘴唇颤抖。

"记得帮我问候芳姐。"雪梨叮嘱说,"我们都欠她太多了。"

"嗯!"

飞机落在纽约的时候已经深夜。曼哈顿夜晚凉爽的空气让吴海有一种涅槃重生的感觉。高楼上林立的灯火宛如颠倒的星空,这繁华的引力场如此巨大,让每一个来到纽约的异乡人都产生了现实扭曲的幻觉。

一转眼就二十多年了。他的童年在中国贫穷的乡下度过,他的大好青春却是在美国纽约的大街小巷度过的。

他在格兰街的地铁站睡过,也在林则徐广场露宿过,在爱列治街找过工作,在帝威臣街扛过砖头,在忠烈坊下晒过烈日,在华尔街淋过倾盆大雨。

如同福建的闽江一样,纽约也有一条母亲河——哈德逊河,河边有个天主教的若瑟堂,曾经有个帮派大佬被追杀,躲进教堂里的圣母像后面才躲过一劫,这也是吴海后来受洗的地方。

"上帝保佑美利坚!阿门!"吴海在胸口画了一个十字,"上帝保佑我!愿我的电影荣耀你的名!"

吴海招手包了一辆黄色出租车,那个中东来的司机一脸的诚恳热情,吴海要去纽约丹博利(Danbury)联邦监狱。

车子在公路上狂奔,仿佛一场无声的电影,许多往事一股脑地涌上心头。人如候鸟,在地球上来来往往、去去回回,不过是为了创造自己想要的生活。

"我爱中国!"付了高额的小费给司机,司机高兴得要跳舞。

凌晨三点,吴海在一家相当便宜的汽车旅馆躺了下来,天色发亮,他起来洗漱。好像回到美国,他的生物钟又回来了。十几年前这个点,他也该起床上班了。洗漱后,吴海打上领带,穿着正装,神采奕奕地来到了监狱门口。

"中国人吗?"前台人员一脸鄙夷地问。

"美国人。"吴海掏出了绿卡。

"来看芳姐的。"狱警挠挠头,嘟囔了一句。

走进守卫森严的监狱,通过冰冷阴暗的甬道,吴海全身忍不住起了鸡皮疙瘩。随着狱警沉重的皮鞋声,他亦步亦趋地来到一个二十平方米不到的看望室。

隔着厚厚的防弹玻璃,里头走出一个约六十岁的中国妇女,矮矮壮壮的,眉毛微微挑起,表情却十分淡然平静。

"小海,你来了。"她拿起电话,语气平淡地说。

当年芳姐在唐人街,甚至在整个华人社会,一句话的威力足够掀起腥风血雨。

"芳姐,你受苦了……"看着芳姐憔悴的样子,吴海这个刚毅的男子忍不住要掉眼泪。

"回中国开心吧?在中国还好吗?家里一切都好?"

"很好很好。你呢?"

"哎,判了三十多年,已经坐了一半的牢了。我什么大风大浪没见过,已经把坐牢当成一种修行了。那些在山上闭关的老和尚,不也是如此?"芳姐叹口气说,"我的身体是禁锢的,灵魂却是自由的。神是我生命的舵主,是我命运的牧羊人。"她闭着眼睛,在胸口画了一个十字架。

"阿门。"吴海附和着说,"愿神照顾你的灵,我们渴慕他的恩典,如同小鹿渴慕泉水。"

"哈利路亚!"芳姐张开眼睛,微笑地说,"难得你记得我的生日,每年都来看我。"

"我在中国已经没有亲人,你就是我唯一的亲人。看,给你带了你喜欢的茉莉花,还有你最爱吃的红豆糕。"吴海把礼物先交给狱警,假装不经意地递过一沓绿色的美元。

狱警没说什么地接过去,还抽走了一块蛋糕,一口吞下,并满意地舔了舔拇指上的奶油。

吴海不由得想起华尔街的那句老话:银行家拿走一块肉放进冰箱,但他的手指已经沾满了油腻。

"听说你最近在拍电影?"芳姐冷不防地问。

"你怎么知道?"吴海腼腆地笑了,感慨地说,"芳姐还是那么神通广大,一切都在你的运筹帷幄之中。"

"你笑我是垂帘听政的老太后?"芳姐露出一个高贵得体的笑容,"哎!你们是我的孩子,我能不关心吗?"

"你都是为了我们,才落到现在这个地步,我们实在都过意不去。"吴海衷心地说。

"无能的美国政府总要找一个替罪羊。"芳姐感慨地说,"Let bygones be bygones(往事不用再提)。时代是你们年轻人的了。拍电影是大事业,等你成名了,记得给芳姐拍一个自传。美国政府说我是走私人口的魔鬼,而只有你们知道,我们不过是被逼出来的穷苦人。"

"你就是《圣经》里,带着以色列人走出埃及的女摩西。"吴海比喻道。

"愿神怜悯我们这样的罪人。"芳姐望着阴森的墙壁,若有所思。

"这些年你为我们做出的牺牲,我谨记在心里。"吴海郑重地说。

"你缺钱吗?"芳姐突然问。

"这个……"

"我在欢哥那里还有一千万美金。你要拍电影缺钱的话,随时去拿。"芳姐有点疲倦地挥了挥手说,"你走吧,明年不要再来看我了。"

"为什么?"

"你有你的事业,你有你的人生。我是翻过去的书,不要再来了。我的路已经在创世之初,由神拣选好了。我诚挚忏悔,接受上帝的安排。"芳姐十分疲惫地说。

"神保佑你。"

"神爱你,我的孩子。"

"时间到了。"狱警进来催促,眼神却像苍蝇一样盯着芳姐手边的大蛋糕。

吴海心情沉重、意兴阑珊地走出监狱,下意识地回头看了一眼电网高墙。

突然,斜刺里闯出两个黑影,一左一右,鬼影般地朝吴海的腰部袭来,吴海反应灵敏,飞膝击飞了一个人,转身后一个潇洒的回旋马踹,踹中了一个人的腰部。

两个人一蹲一倒,痛得嗷嗷大叫。

"海哥……是我们……"偷袭者求饶。

"伊①面,伊肉,怎么是你们?"吴海高兴地叫。

伊面、伊肉都是和吴海一个村子长大的老乡,一起偷渡来美国的。伊面是个大帅哥,长得很像古惑仔里的郑伊健;伊肉是个近三百斤的大胖子,全身都文着吓人的刺青,好掩盖他白花花的胴体上那些累累的刀痕和枪伤。他们俩是唐人街的"夺命双煞"。

"听说海哥来美国了,特地给你接风洗尘。"伊面开着一辆锃亮的福特野马,伊肉坐在后面兀自揉着肚子,然后掏出一盒雪茄吞云吐雾。

车子离开灰暗的郊区,渐渐开入灯红酒绿的市区。

吴海觉得仿佛电影里的闪回一样,有时候,唐人街比福州更像福州。

曼哈顿高楼林立,鱼龙混杂。孔子大厦、汇丰银行、闽都大酒店、榕信酒楼、巴黎婚纱馆、琅岐海鲜楼、长乐同乡联谊会……但最让吴海忘不了的是加萨林街与东百老汇街交叉口的永喜大厦,那是一百多年前华工最早的落脚地。大厦原址是清朝末年华工修建布鲁克林大桥与十七码头的地方,而现在大厦里是福建同乡会的

---

① 伊:闽方言中表示亲密的叫法。

堂口。

车子在永喜大厦停住,吴海从后门进入,他没有忘记给电梯旁神龛的关公上一炷香。

这是一个让意大利黑手党、俄罗斯光头党、越南黑帮、日本山口组都闻风丧胆的福建堂口。

电梯开了,伊面侧身,示意吴海先进去,伊肉殿后。外面有好几个老外要进来,看到伊面、伊肉的架势,很识趣地让到了一边。

"这不是资源浪费吗?"吴海说。

"大哥就要 VIP 服务。"伊面谨慎地说。

其实是害怕人多出乱子。

三人一起乘坐电梯,升到了顶楼,那是一个中式会所,挂着一排灯笼,庄重森严,中央一排排红漆发亮的神主灵位,那是早死的帮会先贤,墙上都是历史照片,有修建铁路的先祖,也有当代福建名人和现任总统、州长、参议会议员合影的照片,以及各种奖状、勋章等。纽约八百多万人口,起码有五十万是福州人,所以市长也常常来唐人街拜会。

"海哥好!"

"海哥威武!"

"海哥漂洋过海地回来看我们了,海哥我们爱汝!丫霸(厉害)!"一群裸着上身、肌肉精壮的小伙子在阳台打拳,几个辈分高的老人家在听闽剧和评话。

吴海的出现受到了同乡们的热烈欢迎,大家拍肩搭背,说着地道的福州话。离井莫离祖,离祖莫离腔。

人的很多思维是由语言决定的。中国的南方人比北方人保留了更多古代中国人的气质，原因之一就是南方的"方言"。所谓方言，实际上很多已经形成自成体系的语言标准，在《圣经》里，方言不仅代表异乡人的话语，也代表经过神启，可以直接与神沟通的神秘语言。

喝过茉莉花茶后，帮会的兄弟簇拥着吴海到了东百老汇大街拐弯处的一家老牌海鲜酒楼。

到了三楼大包厢，里头满满坐了十几桌，都是吴海的老乡、老朋友、老部下，甚至有从外地开车几个小时过来的。他们都是与吴海一起出生入死的兄弟。

故人重逢，免不了觥筹交错，问问家长里短。大家听说吴海在拍电影，伊肉举起青红酒，霸气地说："在家靠父母，出门靠兄弟。我们都出一份子，也拍个《唐人街传奇》怎么样？什么《北京人在纽约》早就过时了，现在我们福建同乡会最霸！"

"对对对！"

"海哥你来美国拍电影嘛，我叫人给你封街！衣食住行全包了！拍黑帮片，你演老大，我们都是你的马仔。"伊面建议。

"海哥本来就是芳姐的干儿子，人品好，又敢闯，他不是我们的老大，谁是老大？"有个年长的香主说。

"客气客气，现在是法制社会，大家都金盆洗手，安居乐业，这是再好不过的事情。"吴海举起酒杯，客气地敬了一圈酒后说。

酒过三巡，吴海问："欢哥今天怎么没来？"

欢哥原来是福建商会的秘书长，负责管理社团的资金，现在是福建商会的代理副会长,已经代了快十年之久。因为他做事欠公道,很多长老都不服,所以还没被扶正。

伊面等人面面相觑,面有难色。

"那个王八蛋,娶了个越南女人,我看他是被越南帮收买了!"伊肉骂道。

"他把社团的钱拐走了?"吴海着急地问。

"可不是?现在欢哥天天开着顶级跑车,出门都带十几个越南杀手,就怕被人干掉。"

"那是芳姐的钱!"吴海重重砸下酒杯。

"芳姐放了钱在欢哥那里?"有个脖子长了个瘤的长老问,"欢哥两眼凹陷,颧骨突兀,面相如豺,一看就有反骨啊,芳姐真是太大意了!"

众人嗟叹了一番,骂了几句,聊了点政坛动荡,世界局势。

"今天不醉不归,一定要喝个痛快!"

"干!干!不干我是你儿子!"

"干了你是我契弟!"

"啊哈哈哈哈……"

"海哥,你拍电影要用钱?"伊面满脸酒红,好心地说,"我们给你凑!"

"是啊,需要多少?"伊肉醉醺醺地叫,"服务员,再开一箱茅台!飞天的!"

"八九千万吧。"吴海低调地说。

"美金?"众人咋舌,"隔壁街卖毒品的墨西哥佬一个月也差不多这个数。"

"人民币。"吴海赶紧强调。

"一亿还得运作，但是一千万我们凑凑没有问题的。"伊面说，"我出三十万美金！"

"我出五十万！"

大家陆续你十万，我八万的，最后果然凑了两百多万美金。

"我们一人操一杆枪，把欢哥欠我们的钱拿回来！"伊肉喝高了，拍着桌子激动地说。

"干啊！"群情激昂，好多人响应。

"海哥你做头，你永远是我们的龙头老大！"伊面喊。

"算了算了，"吴海沉吟道，"以前大家年轻气盛，打打杀杀，现在好不容易都安定下来，不要再铤而走险了。"

"是啊，自己人打自己人，会被外面人笑话的。"长老说，"这几年我们华人在美国地位越来越高，就是因为我们团结！因为芳姐给我们铺好了路啊！"

"为芳姐干杯！"吴海举起满满一杯酒。

"为芳姐干杯！"群情激昂，畅饮开怀。

"各位兄弟，多谢盛情招待！"吴海终于不胜酒力，晕乎乎地走到阳台。

阳光灿烂，唐人街熙熙攘攘，车水马龙，仿佛从来就不会停息。

大家喝得醉醺醺的，还有闽南人唱起了《爱拼才会赢》《酒干倘卖无》等歌。

吴海趁着自己还没完全醉倒，赶紧掏出手机，定了一张飞往洛杉矶的机票。

买完机票，他突然想起有个人还没见，就下楼钻入了黄色的面包车,花了二十五美金,就到了布鲁克林桥北面的一个宁静街区,这里树木成荫,街道整齐,仿佛《绝望的主妇》里宁静和谐的画面。

吴海在路边花店买了一束花,那个犹太老人友好地给他打了六折,还送了他一盒巧克力。

夜已经深了,有个街口的二层楼小屋里亮着温馨的灯。

吴海慢慢地走进小屋,一条温驯的拉布拉多狗朝他摇了摇尾巴,狗真的比人要长情。这条狗是他送给她的,狗脸上肉肉的,像长了一对大地瓜。

"番薯,好久不见。"

那个时候,吴海刚来到美国,她热心地教吴海英语,喊他表哥,但偶尔也恶作剧,比如让他去阴沟里捡一把根本不需要的钥匙,逛街的时候,假装上厕所,却一个人独自跑掉。她就像古灵精怪的黄蓉,和吴海像青梅竹马的一对。但吴海知道,自己是永远不能爱上她的。

"笃笃……"吴海敲了门。

门打开了,是一个苹果脸的华裔女人,年纪三十左右,但目光中有一种超越年龄的坚韧和笃定。

"伊海?"

"榕榕,我来看你了。"吴海送上了花和巧克力,客气地说,"我昨天去看了你妈。"

"你还有脸看她?"榕榕一把打掉鲜花和巧克力,指责道,"当年如果不是你,'金色羊毛号'怎么会没有人接应?那三十多个人怎么会死?我妈又怎会牵扯进来,被美国警察抓住?是你!是你让我和我妈妈分开的!我恨你!我恨你!你给我走!Get out of my house(滚)!"

"对不住,榕榕,真的对不住……"吴海诚恳地说,深深地鞠了一躬,内疚地退出了榕榕家的花圃。

那条叫番薯的狗追了上来,不解地跟着吴海,一直送他到了路口,还目不转睛地看着他。

吴海蹲下来,亲吻了一下番薯:"番薯蛋,好好陪着她吧,至少还有你,代表我的爱,守护着她。"

狗狗懂事地点点头,默默地目送吴海走远。

房子的门后,榕榕默默地拾起了沾满灰尘的鲜花和巧克力盒,打开一看,巧克力都碎了,那是她最爱吃的香草味。那一年,吴海也带她去电影院看过《香草的天空》。

"Fiona, Who is there(榕榕,是谁呢)?"一个美国男人沉稳的中低音从卧室传来。

"哦,是一个推销员。"榕榕擦了擦鲜花,把它插在了花瓶里,她的眼角,挂着一颗透明的巧克力豆。

吴海返回城里,兄弟们怪他不辞而别,又拉他入席,重新开了几桌,一直喝了个通宵……

"好兄弟! 真能喝!"

"一口闷! 够男人!"

"大家敬海哥啊,来来来……"

吴海心头有事,十分苦闷,借酒浇愁,悲伤却像曼哈顿河一样流淌着。

他喝醉了……

第二天下午,头大的吴海风尘仆仆地抵达了洛杉矶,还特地付了几百美金的小费给空姐,表示他在头等舱呕吐的歉意。

洛杉矶地处太平洋东侧的圣佩德罗湾和圣莫尼卡湾沿岸,靠山背海,气温适宜,风景迷人,是电影圈的风水宝地。

雪梨穿着一身 Gucci 的白色风衣,开着一辆血红色的宝马在机场迎接他。

"香车配宝马。"吴海看着雪梨,心中泛出一股无法抑制的爱意。

"大海靠舵手。"雪梨应对自如道。

"This is a pencil. That is a penis. (此处利用了英语中"铅笔"和"阴茎"的谐音——作者注。)"吴海又想起了他们上完英语班,一起骑车去看电影,却看到一部色情电影的晚上。

那时候曼哈顿夏天的风,吹到身上的凉爽,真的像啤酒榨出来的柔情蜜意泼洒在身上。

那时候的吴海,还不到二十岁吧。雪梨还是个胸部平平、没成年的小姑娘,一转眼,她居然成了国际视觉特效大公司的高管?

"这次去纽约干吗呢?瞧你一身的酒味。"雪梨自信地开着汽车说。

"没干吗。"吴海轻描淡写地说,"大家可怜我,给我攒了一点路费。"

"多少?"

"两百万美金。"

"哇!可以环绕地球一周了。"雪梨说。

131

"只够拍一周。"

"其实我真的不明白,你为什么一定要拍电影?"雪梨摇下车窗,让风吹乱她黑丝般的长发,"其实你会很多东西,比如说打牌啊,打猎啊,打人啊……"

"打啵(亲吻)啊……"吴海暧昧地看着雪梨。

"你是不是欠揍?"雪梨嗔怒道。

"我,我欠你的,一辈子也还不了。"吴海伤心地说。

"这样,我也凑一点给你。"雪梨从汽车抽屉里,掏出一张写好了的支票。

吴海一看,足足一百万美金!

"不要。"吴海自卑地说,"我不能再要你的钱了。"

"嫌少?"

"太多了。"吴海说,"十几年前,我骗走你攒下的全部积蓄,害得你没法交大学最后一年的学费,还害得你丢了华尔街实习的工作。我太对不起你了。"

"你是为了救兄弟。"

"如果我告诉你,其实我骗了你呢?"吴海心事重重地问,一抹暗色笼罩了心头的良知。

"什么?"还好车外风大,雪梨没听清楚。

"Forget it(算了吧)。"雪梨无所谓地耸耸肩说,"等你电影赚钱了,加倍还我。"

"那好吧。"吴海说,"毕竟你是我曾经最爱的人。"

短暂而漫长的沉默,只有风在他们的唇间来回游走。

"告诉你个好消息。"半晌后,雪梨狡黠地说。

"什么?"

"I will show you(我会带你见识)。"

雪梨开着车,不远的前方就是好莱坞的金字招牌,山头上矗立着好几个大电影公司的 Logo,比如梦工厂、迪士尼、20 世纪福克斯、哥伦比亚影业公司、索尼公司、环球影片公司、WB(华纳兄弟)、派拉蒙……

不知道为什么,空中老是有直升机在盘旋,看上去是中国剧院的方向。路上的游客也有许多亚洲人,到处是说普通话的中国人。车子开上了山,几个金色字母在蓝天下闪烁着。

"比弗利山庄。"吴海问,"你到底带我见谁?"

"你带剧本了吧?"

"没有。"

"那今天我们就白来了。"

"But,"吴海转了转眼珠子说,"故事都深深地印在我脑海里。"

"我就该把你丢在马里亚纳海沟。"雪梨扁了扁嘴,动情地说,"你真的一点也没变!"

车子停在一栋豪华的带超大游泳池和假山瀑布的别墅前,旁边就是某著名 NBA 球星的可以打高尔夫球的大豪宅。

穿过绿油油的草坪,一个穿着干净、精神十足的墨西哥女佣引领他们登堂入座。

吴海一坐下来,就被别墅的奢侈豪华给惊呆了。

镶嵌各种水晶和宝石的墙上挂满了锃亮的奖杯,以及名流绅士的照片,什么奥斯卡、金球奖、大学荣誉教授证书、总统勋章、联合国慈善代言人徽章……只要你能想到的荣耀,几乎全有。

"这是谁的别墅?"

"史丹利先生的家!"雪梨神秘地笑着说,"珍惜这次机会,他可是美国电影圈的皇帝啊!"

"阿诺·史丹利!"吴海惊呼道,"就是那个全地球人都知道的超级动作巨星!"

"没错,我通过公司高管,约了他和你见面。"雪梨说,"但是能不能打动他来参加你的电影项目,就看你的个人魅力了。"

吴海激动得坐立不安,仿佛一只闯进现代都市的狮子。

"哦,我的中国客人,欢迎欢迎!"强壮的史丹利先生快步走了出来,一屁股稳稳地坐在一张老虎皮椅子上,露出西部牛仔的憨厚笑容,"这是我在缅甸买的,合法的。"

"这是吴先生。"雪梨介绍,"从中国远道而来。"

"很高兴见到你,吴先生,吴宇森的吴。"史丹利先生对东方电影颇为了解,平易近人地问,"听说你要拍一个怪兽片。"

"对,这是一个发生在朝鲜的故事。"

"朝鲜?有趣!好玩!地球上只有这个国家我没去过了。"史丹利托着下巴,眨了眨双眼,幽默地说。

吴海于是用娴熟的英文把《汉江怪兽》的剧情讲了一遍,史丹利先生身体前倾,用手托着微微松了皮的下巴,认真地聆听。

"这是我听中国制片人说过的最国际化、最神秘、最耸人听闻的一个电影剧本。"史丹利先生挥舞着拳头问,"我如果参与的话,是饰演哪个角色呢?"

"因为主角必须用中国人,所以有一个反面主角以及一个主角的师傅,这两个重要角色您都可以考虑。"

"我一般不演坏人。"史丹利摊开手说。

"啊?"吴海和雪梨十分担忧。

"不过,我现在想法有所改变,也想挑战一下未知领域。"史丹利说。

"太好了! 如果您愿意加盟,我们的剧情还要根据您的特点为您量身打造!"吴海激动地说,"您甚至可以一人分饰两角呢。如果能帮您得一个奥斯卡奖就好了。"

"我老了。"史丹利感伤地说,"现在真是拍一部就少一部。"

"我们虽然是新团队,但都是认真做事情的人。"吴海诚恳地说,"我也聘请您当电影的总监制,所有流程都由您把控。您就是我们剧组的皇帝。"

"皇帝? 呵呵?"史丹利摸了摸下巴,显然对皇帝这个称呼十分受用。

"那我们谈谈片酬?"有个穿得像英国绅士的中年人不知道从哪里冒了出来,把吴海请到了书房。吴海回头看了一眼雪梨,雪梨眨眨眼睛耸了耸肩,表示自己只能帮到这了。

雪梨和史丹利留在客厅里喝下午茶,谈笑风生。史丹利讲了好莱坞的一些趣闻,雪梨不时爆发出银铃般的笑声,吴海隔着门听了,竟有点小小的妒忌。

过了半小时,吴海从书房里英雄凯旋般地踱出来。那个管家满脸微笑地跟随,问什么时候准备晚饭。

"今天是我的生日。"雪梨站起来说,"史丹利先生,就给我们单独庆祝的时间吧!"

135

"我的中国公主,你可真会挑时间。"史丹利绅士地吻了雪梨一下,"下一次,一定来参加我的慈善晚会。"

"没问题。"

下山的时候,雪梨问吴海:"你给他开了多少片酬?"

"我把身上的三百万美金都给他了。"吴海说,"只是定金,总片酬是六百万美金。"

"三千多万人民币!你疯了?"雪梨差点失控地撞到了路边花圃。

"不,我决定了,这个怪兽的大电影预算要达到三个亿!"吴海说,"这样算来,演员总共六千万片酬,一点六亿制作,八千万的宣发,刚刚好。"

"你去哪里弄那么多钱?"

"有了史丹利,还怕没有钱?"吴海潇洒而自信地一笑。

"Good luck(祝你成功)!"

他们开过高尔街,穿过西边的拉布雷亚大道,沿着丝兰街到了日落大道,中途吴海说要上厕所,等他回来的时候,手上提着一个著名的内衣店的袋子。

"生日快乐!"吴海递过礼物说。

"别逗了,你知道今天不是我的生日。"雪梨出生在广东一个小山村,那里重男轻女,她其实连自己的生日也搞不清楚。刚才那么说,只是雪梨找借口离开而已。她看出史丹利先生对自己有某种好感。

雪梨带吴海去了日落广场的一家观景餐厅。在浪漫的音乐中品尝美食,聊聊这些年各自的生活,一些共同认识的朋友,有的人发了大财,有的人破产了,有的人得了癌症,有的人被枪杀,有的人音讯全无。

时间很快就过去。晚上十一点,他们从餐厅手拉着手地出来。雪梨把车开得飞快,黑夜的美国郊区,空气中有一种格外自由、格外爽快的清新。

"其实我挺奇怪你为什么放着福建商会的老大不当,而要离开美国。"雪梨问。

"江湖上的事,往往没那么简单。"吴海哼着歌儿说。

"好吧,那就不提了。"

吹着风的吴海有点意犹未尽地问:"要不要去我住的酒店喝茶?"

"美国哪里有好茶?"雪梨端着方向盘,突然有点伤感,"也不知道下一次什么时候能见到你。"

吴海说:"等我来美国举办电影首映式!"

"等你来星光大道按下名字。"雪梨黯然地说,"太晚了,我该回家了。"

汽车飞驰回了市区。吴海一个人,落寞地走回了希尔顿酒店。

他冲了个澡,穿着宽松的浴袍,独自喝了一瓶红酒,若有所思地躺在沙发上。不知道什么时候,外面下起了倾盆大雨。窗户上纵横的雨水,模糊了风景,好像一个人茫然无知的命运。

他抓扯着头发,心中有股剧痛如绞的真实感觉。如果时间可以倒流,也许他真的不该再回中国,也许他真的不该错过她,失去她,那么痛,那么撕心裂肺……

"咚咚……"突然有敲门声。

一直到第三遍,吴海才听到,他跟跟跄跄地起身,酒瓶子咕噜噜滚到了地上。他打开门,外面站的却是雪梨,一头被打湿的乌黑长发,浑身湿漉漉的,连内衣都可以看到,像一头在森林里迷了路的小鹿。

"你,你怎么来了?"

雪梨一下就扑到了吴海的怀里,疯狂地吻上了他的唇,喃喃地说:"海,淹没我吧……"

大海咆哮轰鸣,一夜狂潮爱浪。

第二天醒来的时候,雪梨已经走了,吴海看着凌乱皱褶的床单,仿佛一张抽象的艺术画。

他努力地回忆昨晚的温存缠绵,久久不能释怀。

手机响了,吴海以为是雪梨,飞扑到枕头边拿起手机。

"你怎么又回来了?"一个冷冰冰的声音,是欢哥。他是唐人街的恶魔,曾经笑嘻嘻地把一个黑人的头塞进水泥车里乱搅,曾经和日本黑帮枪战,全身中弹十几发,也依然死扛到底。他的身上有十几条命案,包括两个警察。

"我来办点事情。"吴海说。

"你别忘了十年前,芳姐出事的那天晚上,你在哪里鬼混!"欢哥说,"给我滚!好自为之!"

欢哥恶狠狠地挂掉了电话。

很快,吴海的手机就收到一张照片,是他和一个女人在卧室赤身裸体的样子。

138

那个女人,不是雪梨。

她的名字叫——马翩翩,Penny Ma。

十五年前的事情,吴海已经不是每一个细节都记得清了。

那一天,有一艘福建来的偷渡船,叫"金色羊毛号"。那单生意和芳姐没什么关系,但是蛇头在招揽人头的时候,挂了芳姐的旗号。

船只抵达美国的那天,蛇头联络了福建帮的吴海,要他去接人。

但是那一天,刚好是马翩翩的生日。

此前,初出茅庐的吴海还在当出租车司机,很明显他受了罗伯特·德尼罗的影响,车里常常放着一把枪。一天,在一家酒吧等客人的时候,几个流氓抢劫一个华裔女子。吴海二话不说,掏出枪朝天开了一枪,多么俗套的英雄救美。

那个美女就是马翩翩。当天晚上,他们就滚了床单。而那时,雪梨还在考研,和吴海已经两个月没见面了。

马翩翩住在曼哈顿下城区的一栋高级别墅,据说是内地某高参的女儿,接触的人非富即贵。

吴海也知道她和自己不过是玩玩而已,但他就是着迷,那种衣香鬓影的上流社会,牵一发而动全身的权力游戏,是无数中国底层草根的梦想。

一边是接船任务,一边是生日派对,吴海本想先赴宴,中途离开,但是在那种场合,为了表现男子汉的气概,为了把那些对马翩翩虎视眈眈的宵小都驱逐开,吴海没法放下手中的酒杯。

他喝醉了,醉倒在上流社会的纸醉金迷中,醉倒在马翩翩无醉不归的温柔乡里。

他忘了福建商会委托他的重要任务,而"金色羊毛号"因为失去接应,在外海久久地徘徊等待,不巧遭遇了暴风雨翻船了,最后死了三十多人,震惊了全球!

按照帮规,吴海要以死谢罪。但是芳姐一人揽了下来,告诉商会的长老,是她记错了时间,没有叫吴海去接人。

再后来,芳姐就被 FBI 和移民局给抓了。

吴海十分后悔,拿了自己所有的积蓄,甚至骗了雪梨读书的钱,想找马翩翩"捞人"。

马翩翩自称和大使馆的人很熟,手腕通天,但遗憾的是,所有的金钱贿赂都如石牛入海,毫无音讯。

在芳姐被判刑后,吴海去了马翩翩的别墅找她,才发现人去楼空。

至今为止,吴海也不知道,马翩翩到底是不是高参的女儿,抑或从一开始,一切不过就是一场活色生香的圈套。

但毫无疑问的是,他欺骗了雪梨,而且,在欢哥手里,有他和马翩翩不雅的照片。

所以吴海根本没法上位,不得不离开美国。

年轻时犯的错,也许需要一辈子来还,还不够。

对不起,雪梨。

10　死里求生

因为买房子的琐事,黄亚明和宋智丽闹了口角,甚至提出分手。失恋的日子里,黄亚明每天窝在公司的录音棚里写歌,也奇了怪了,失去了爱情,却找到了久违的灵感。写累了,就叫几个狐朋狗友一起去酒吧一条街,从街头喝到街尾。

晚上他就住公司附近的协议酒店,天天有女艺人骚扰他,有的找他写歌,有的要他提拔提拔,有的要深入钻研下剧本,甚至半夜敲他的门要求上床试戏。

影视圈高管就是块腐烂的肥肉,少不了花花苍蝇的勾搭。

黄亚明充耳不闻,视而不见,觉得自己在创业之初答应过兄弟,兔子不吃窝边草,一定说到做到,否则就是阉了他,他也不从。

欧阳正德看出他心情不大好,还陪他去逛了逛法源寺。

法源寺附近有一条牛街,是清真美食街。黄亚明的奶奶是信奉伊斯兰教的,小时候就带黄亚明来见阿訇,读《古兰经》。

走在人头攒动的街头,欧阳正德感慨了一句:"我们这三人真是奇怪。吴海是基督徒,你是伊斯兰教徒,我却是佛教徒。但我们三个,也都聊得来嘛。"

"殊途同归。"黄亚明吃了一大碗洒满辣椒油的牛肉面。

等欧阳正德进寺烧了把香,他在寺门口抽了半包烟,两人又一起打道回公司。路上两人都心事重重,没有说话,彼此都觉得这段时间少了吴海,有点不太习惯。

半路上,欧阳正德忍不住问:"老黄,你最近心情不好,是因为电影的事情?"

"不,因为女人。"黄亚明垂头丧气地说。

"女人啊,可怕的女人!"欧阳正德的心头冒出了妻子刘彩艳、女作家陈美和郭绣雪的脸。真是英雄难过美人关,过了一关又一关。

"我一直有个疑问啊,"黄亚明问,"你离家那么久,怎么不回去看看老婆,也不见老婆来?"

"我们分居了。"

"不好意思啊!"黄亚明抓着头说,"我就是关心一下,你平常怎么解决啊?"

"打坐啊。我在峨眉山练过,也去终南山隐居了一段时间。"欧阳正德说,"你不知道炼精化气,炼气化神吗?"

"不知道啊,我只知道用冷热水交替洗澡、做俯卧撑,可以有效延长时间。"黄亚明坏坏地说。

"哪学的?"

"清宫秘籍啊。"

"轻功秘籍?"

"以前我爷爷有一大把这种古代黄书,什么房中术啊,合欢功啊,欢喜禅啊……"黄亚明所说的勾起了欧阳正德的兴趣。

"说说无妨嘛!"

"怕你把持不住,玷污了我们公司的艺人……"

"我还怕被玷污呢。"

"哈哈哈……"黄亚明嬉皮笑脸地开车把欧阳正德送回了酒店。

有句话说,男人如果不是为了繁衍后代,更喜欢和男人在一起。这话不无道理。

黄亚明的爷爷是著名京剧艺人,他的奶奶身世不明,有人说是一个阿拉伯富豪的小妾,也有说是清宫里面出来的格格,甚至有人说是八大胡同的头牌。但无论如何,黄亚明的家底子是不错的。

上次卖掉房子,黄亚明收拾家当,其中就有一箱文玩字画,寄存在宋智丽的通州公寓,其中有一些珍贵的宋朝线装书,明清古籍,鲁迅、胡适等名流和爷爷来往的书信等。

送完欧阳正德,黄亚明想想最近手头紧,决定私下去宋智丽家,把那些宝贝家当取回来用。如果他没记错,今天宋智丽在五棵松有一场演唱会的演出,应该还没回家。

他开车到了韩国社区,偷偷摸摸地进了公寓,在电梯里遇到一大群韩国人朝他友好地喊"阿里哈撒哟""思密达"。

"嗨!阿里嘎多!"黄亚明压低了鸭舌帽,哈腰点头,假装是日本人。

走出电梯,他莫名地觉得有点不对劲,心头狂跳地走到公寓,掏出钥匙,一推,却推不进去。黄亚明心里着急,还以为宋智丽换了锁,再用肩膀用力一推,却听得"扑通"一声响,是什么东西跌倒在地的声音。

黄亚明打开灯一看,三魂七魄也飞出来了,差点吓傻掉!宋智丽一脸紫青、口吐白沫地倒在地上,脖子上还歪歪地挂着一条围巾,一地的吊灯碎片,原来宋智丽刚才在门后上吊自杀!

多亏了心有灵犀,宋智丽是命不该绝,也多亏了黄亚明爷爷留下的那一箱宝贝。

黄亚明赶紧趴在地上,松开宋智丽的衣领,给她做人工呼吸。抚摸着她光滑细腻的胸脯,黄亚明不由得后悔,一个活蹦乱跳的大美人可不能就这么香消玉殒!

他又在心里暗暗责骂自己怎么在生死攸关的时候还心猿意马。他收敛心神,有节奏地按压着她的心脏,没过多久,宋智丽喷出一口血痰,黄亚明俯身来不及躲,竟然囫囵吞了下去。他冲到卫生间吐了半天,漱口再回来,宋智丽已经自己爬了起来,瘫坐着嘤嘤地哭,真是我见犹怜。

"你干什么?"黄亚明心疼地问,"我要是再晚一点来,你就拜拜了!"

"没有你,不想活了……"宋智丽痴情地说,"坏蛋,你还回来干吗?"

"我,我回来看你……"黄亚明找了个甜蜜的借口,"没有你,我也活不下去了……"

"真的? 欧巴?"

"撒浪嘿哟! 我爱你!"

"我也爱你!"两个人像演韩剧一样,幼稚地拥抱到一起。

黄亚明看她楚楚可怜,哄了一会,拿起扫帚打扫一地的狼藉,却看到刚才宋智丽正是用那檀木箱子踩着上吊,现在箱子散了,里头的一堆古董都掉了出来。

黄亚明瞪大眼睛看,有一些古钱币、金元宝、字画等,打开其中一个卷轴一看,是齐白石的作品,画着几只栩栩如生的虾,画风老道,笔墨利落,还写着"敬赠香雀儿姐惠存"。香雀儿是奶奶的艺名。黄亚明心里咯噔一下,这湖南来的老画家,不会和我奶奶认识吧?

闲着无聊,黄亚明用手机拍了齐白石的画,炫耀地发到了微信圈。

那边宋智丽也哭完了,黄亚明见她难过,便宽慰说:"我去给你倒杯热水。别哭了,今晚我留下来陪你。"

宋智丽见他回心转意,心里也柔软了几分,去给他削水果吃。

黄亚明到厨房烧水,无意中看到桌子上的诊断报告,吃了一惊,没想到宋智丽有身孕了!幸好自己来得及时,不然一尸二命。

"你怀孕了?"黄亚明端茶倒水时问。

"你知道了?"宋智丽捂着自己的肚子,担忧地问,"你不会叫我堕胎吧?"

"哎,怎么会呢? 安拉保佑啊!"黄亚明说,"其实我每次办事都不带套,但从来没有女的怀孕过,我都怀疑自己是不是不行呢。"

"啊? 你滥交啊?"宋智丽气愤地捶着黄亚明。

"没有没有,自从遇见你,我的心里只有亲爱的你了。"黄亚明肉麻地说,"不过小孩出生一定要做个鉴定,如果是你和韩国人生的,让我戴绿帽怎么办?"

"黄亚明! 你,你太坏了!"宋智丽丢了个枕头过去。

"孩子生下来一定不像你啊!"

"为什么?"

"因为你整过容呀!"黄亚明调侃说。

"我没有! 我没有! 我没有! 不信你等着瞧!"宋智丽忍不住

也扑哧笑了。

"等就等！谁怕谁!"黄亚明和宋智丽温存厮打,演奏着生命和谐的交响曲……

欧阳正德最近比较烦。

上次作家旅游之后,陈美就一直没理他,剧本也不及时交。他只好先拿着郭绣雪的版本,见了几家资方,谈来谈去,也都没下文。很多资方根本就看不懂剧本,欧阳正德怀疑几个煤老板连小学都没毕业。

影视圈就是这样,资金的渠道五花八门。有政府投资的,有大公司大财团赞助的,有导演卖了房子贷款的,也有放高利贷的,做假账的,五花八门。但总之,能写好剧本,筹到钱开机的电影已经成功了一大半。很多电影项目连像样的剧本都没有,就靠一个片名和几个拟邀明星到处忽悠。

客观地说,郭绣雪的文笔和想象力都没问题,但是她在地理和军事方面欠缺知识。许多朝鲜的地名和韩国的混在一起,历史背景也交代不清,然后军队打怪兽的场面永远含糊地写着"许多武器暴风骤雨般地攻击怪兽"。

编剧界有句话,作家是个艺术活,编剧是个技术活。好的编剧往往无法成为好的作家,但好的作家却可以成为好的编剧。

陈美跟过一个写电视剧的老师学习,算半个科班出身。而郭绣雪就是网络写手,靠一张卡哇伊的小脸蛋在文学网站成名。

所以欧阳正德不得已抽出时间,对照莫老先生的原著,亲自修改剧本。改着改着,欧阳正德又觉得陈美的那个版本,故事逻辑更清晰,叙述更利落。两个人的剧本各有千秋,要完美地融合一起,才是一个令人称赞的好剧本。

欧阳正德又想起最近公司账户的钱越来越少,心里十分不安。而且签约的作者太多,鸡毛蒜皮的事情很多。经常这个生病,那个买房,这个要预支工资,那个要买最新款的笔记本、手机、包包等,烦心事也真不少。

吴海终于风尘仆仆地从美国回来了。

星期一,三人为首,在公司大会议室开了一次全体员工大会。吴海在会上郑重地宣布了一个重磅消息:"好莱坞一线巨星史丹利先生将以总监制和特别演出的身份,正式加盟我们《汉江怪兽》的电影剧组!"

"哗哗哗……"会议室爆发了一阵热烈不绝的掌声。

"史丹利是我的神啊!"

"史丹利,我从小看着他长大的!"

"对,你比史丹利还老。"

"有史丹利,我们的电影票房过十亿不是问题啊!"

"肃静,肃静,"吴海清了清嗓子,"我正式宣布,这部电影的投资要达到五千万美金! 也就是三亿人民币!"

"哇! 这太高了!"大熊缩着脖子说。

"你不是在开玩笑吧?"Linda 涨红了脸说。

"吴董,我们目前的资金已经吃紧。"欧阳正德小声提醒。

吴海拿起小晴的画笔,笃定地说:"史丹利就是我们的魔法棍,用它来撬动整个金钱帝国吧!"

"我来说一个故事。"黄亚明说,"曾经有一个国内的动作大片,投资人先花了点定金,找到一个好莱坞导演签了意向协议。然后用这个协议签下了一个影视明星,然后又用该明星的合同签了其他演员、摄影、美术,最后搭成了一套黄金阵容……"

"连环计啊!"Linda 喊。

"后来呢?"小晴问。

"后来到了开拍的时候,那个好莱坞导演没来。这个投资人摇身一变,自己当导演了。"黄亚明一本正经地说。

"牛! 神操作!"

所有人都如痴如醉,憧憬未来,幻想《汉江怪兽》一炮而红,一举成名,而欧阳正德却隐隐有一丝不祥的预感,他觉得战战兢兢,如履薄冰。

开完会后,黄亚明走到阳台抽烟,意外地接到了明星经纪人宽少的电话。

"宽少!"黄亚明的第一反应是自己被兴趣广泛的宽少给看上了,"张不凡愿意和我们合作了?"

"那就看你们的诚意了。"宽少圆滑地问,"你微信里那幅齐白石的画……"

黄亚明明白了,一直听说宽少有收藏字画的习惯,没想到他看上了自己的家传之宝——齐白石的画。

"晚上方便过来喝茶吗?"黄亚明主动邀请。

"嗯,张不凡去澳洲演出了,我最近给自己放假呢,咯咯咯!"宽少夸张做作的笑声让黄亚明浑身起了鸡皮疙瘩。

晚上,宽少开着加长宾利,光临金三角公司的时候,吃了一惊。公司门口放了一张史丹利和吴海在比弗利山庄别墅合影的巨大等身海报。

"来来来,宽少喝茶。"欧阳正德泡茶待客,礼貌周到。

"你们请到史丹利了?"宽少怀疑地问。

"对!"黄亚明大声应道。

欧阳正德明显感觉宽少的口气和上次的爱理不理、高人一等不大一样了。

"我能看看协议吗?"宽少倒也直接。

"不看画了?"黄亚明调侃。

"先暖暖场。"宽少接过欧阳正德的茶,神经质地吹了好几遍,才舔着舌头咂吧咂吧地品尝着,"我的乖乖!好茶!"

吴海郑重地从保险柜里取出与史丹利的演出意向合同,还是英文原版的,雪梨亲自翻译的。

宽少放下茶杯,擦了擦手,反复仔细地看了好几遍,也忍不住竖起大拇指说:"你们的能量,超乎我的想象。"

欧阳正德很想提醒宽少说他把合同拿反了。

"张不凡有档期?"黄亚明问重点。

"等他从澳洲回来,我们再研究研究!兄弟的事,我一定尽量促成。"

黄亚明心想,啥时候我们又成兄弟了?

宽少的眼珠子转了转,试探地问:"齐白石的画,欣赏欣赏?"

"好,您这个行家帮我掌掌眼。"

黄亚明把齐白石的画郑重地捧了出来,欧阳正德帮忙摊开来。那画细看别有风韵,是齐白石罕见的佳作。

"好,真好!"宽少细细品味,眨巴着眼睛说,"兄台,能割爱否?"

"宽少,这幅画是我祖辈留下来的。"黄亚明面露难色。

"好东西,应该与朋友分享。"

"一切繁华只是过眼烟云。"欧阳正德说。

"好演员,应该与好电影为伍。"吴海插口,"开个价吧,张不凡,我只需要他来十天。"

"不是男主角?"宽少怀疑地问。

"当然是男主角。"吴海解释说,"主要的镜头用他的脸,其他我可以找文替武替水替床替特替泪替……"

黄亚明和欧阳正德也都听呆了。

宽少怔怔地看着吴海,拍手道:"厉害厉害,士别三日,刮目相看。"

其实用替身的主意是雪梨考虑史丹利的年纪大了,无法跟上实际拍摄时想出来的,她甚至提议可以用电脑做一个虚拟的史丹利三维形象。

"十天的话,至少也要五千万吧?"宽少漫天开价。

"这幅画送你,另外给两千万。"黄亚明说。

吴海割肉般地看了黄亚明一眼。

"成交!"宽少往手上吐了口口水,肉麻地说,"亲,帮我把这幅画收起来。对了,亚明,你要写个赠送协议给我,免得日后你来讨回去。"

"没问题,就你这小心眼。"黄亚明朝宽少抛了个暧昧的媚眼。

宽少的身子骨都酥软了,他紧张兮兮地接了画,连茶也不喝了,脱下身上的裘皮外套,山一重水一重地包好了画,立刻就告辞了。

"每个人都有自己的软肋啊。"黄亚明感慨。

"让你割爱了。"吴海拍着黄亚明的肩膀,实在过意不去。

"没事,为了公司嘛。"黄亚明感慨地说,"希望能为我的儿子拍一部好电影。"

"智丽怀孕了?"欧阳正德聪明地问。

"是啊。"黄亚明笑嘻嘻的。

"真要恭喜啊。"吴海敞开双手说,"电影也是我们的孩子。我这个干爹当定了。来,今晚我请你们喝酒。"

"走!"

黄亚明开车去了簋街,他们点了上百只小龙虾,五十瓶啤酒,吃得不亦乐乎。

"看来浪子真的回头了。"吴海举杯问,"什么时候结婚?"

"等到电影杀青的时候!"黄亚明醉醺醺地说,"等我写的主题曲在电影结束响起来的时候!"

"谢谢兄弟!"吴海仰头干掉一瓶酒,催促说,"正德,你赶快整好剧本,我们真的要开干了!"

"动起来! 干起来!"三个人开怀畅饮,都是海量。

喝完酒后,他们意犹未尽地去三里屯找了一家酒吧,玩了一会,黄亚明虚脱地说:"这家的酒不行,上次在这里就喝大了,至今下面还有点不舒服呢。"

吴海听出一点弦外之音,但也以为可能是黄亚明吹牛。

欧阳正德怕吵,在酒吧外的草地上看星星。吴海和黄亚明勾肩搭背地走到门口,突然有人在背后重重地拍了一下吴海的肩膀,吴海回头一看,居然是纨绔子弟——杰克!

果然是物以类聚,人以群分,什么货色来什么地方。

"杰克,好久不见!"吴海勉强忍住酒嗝,打着招呼。

"今晚刚飙车回来,二环十三郎,说的就是我。"杰克得意地说,"你的电影怎么样了? 还搞饥饿营销哦,我的三千万你看不上?"

"不敢不敢,"黄亚明打圆场说,"我们不是一直在找演员吗?"

"现在如何了?"杰克问,旁边几个头发染得像万花筒的手下也不怀好意地瞪着他们。

吴海没办法,就说了导演用拍武侠的马光头导演,主角有美国的巨星史丹利,张不凡也谈好了,台湾的王倩雯也有点感情戏。

"哇靠! 牛啊! 黄金阵容啊!"杰克叼着雪茄,吊儿郎当地说,"废话少说,我就加磅,这次让我上车吧!"

"多少?"吴海问。

"五千万,够不?"杰克嬉笑着说,"不够小爷还有。"

"够了够了。"吴海本来不想要杰克的钱,但是想到现在盘子要做到三亿,没个几千万打底,还真的没法扬帆起航。

"明天就从我个人账户打到你们公司账户。"杰克拍着胸脯说。

"太危险了!"出了酒吧,欧阳正德说,"他的钱来路不明啊。"

"甭管了!"黄亚明喝高了,兴奋地说,"不花白不花!"

"花了也白花!"吴海也真的高了,手舞足蹈地在北京街头狂奔。

他的瞳孔里有一片海,里面藏着一朵叫雪梨的浪花。

三个人最后醉醺醺地,不省人事地爬回欧阳正德的酒店,稀里糊涂地过了一夜,就别提横七竖八的丑态了。

第二天中午,那笔五千万巨款果然就打了进来。公司员工听说一下子进账五千万,都十分吃惊,准备庆祝一下。

吴海酒醒了,心里却如小鹿乱跳,吃不准杰克要干吗。因为双方连投资比例、怎么回报都没谈好。吴海是道上的过来人,有着一种野兽般的天生警觉。沉稳的欧阳正德也觉得不对,但是到底哪里不对,他一时半会也说不出来。只有黄亚明还陷在老板椅里,打着呼噜,口水都流了出来,宋智丽打了七八个电话也没接。

到了下午,有快递送来一份合同,打开一看,是一份投资协议。杰克那边拟的。吴海打开一看,真是气炸了!

"这哪里是电影投资,分明是高利贷放款啊!"欧阳正德指着杰克的单方面协议说,"看!合同规定,从打款日到电影上映之日,乙方金三角影业每月要向甲方支付年回报百分之三十六的投资利息。电影若不能按时开机,则算违约,要赔偿三倍投资额或经甲方同意后,以乙方公司股份质押,若不能准时上映,也要赔偿……就算一切都顺利,上映后,也要优先给甲方票房回报,超过五亿票房后还要翻倍回报率……"

"这是稳赚不亏的生意。票房高,分大头,票房不够,还是要付百分之三十六的利息给杰克。还要保证按时完片,否则的话,就算对赌失败,那时整个金三角影业公司的股份都是杰克的了。"吴海说,"这合同还有很多苛刻的违约条款,对我们很不利。"

"要不然把钱退给杰克吧。"欧阳正德建议,"和他一起玩,会吃大亏的。"

"不,富贵险中求!"吴海沉吟了一下说,"他以为我做不到,我就偏要准时拍出来,赚了钱,一打一打地砸到他的脸上。"

"那不是让他赚大了?"欧阳正德说。

"这就是一个赌局。他敢借钱给我,我为什么不敢赌? 大不了,赔他一条命!"吴海冲动地说,"不赌就永远没有机会! 我们已经筹备了很久,钱总是不够,再不赌就没的玩了!"

"这样太危险了! 还是再多点时间……"欧阳正德再次劝道。

"豁出去了!"睡眼惺忪的黄亚明拍胸脯说,"要死我们一起死,这笔钱我们就吃下了!"

"吃了!"吴海脑门一热,决定接受杰克非常苛刻的高利息投资条款。

有了史丹利的金字招牌,张不凡的特别加盟,五千万的起盘资金,以及一个卖相极佳的电影剧本,黄亚明又出去兜了一圈,果然顺利地签下了一个得过奖的台湾摄影师侯明亮,英国籍的美术指导克里斯,以及一个新西兰做过《神戒》等大片的特效团队。

黄亚明知道这种参与过某某项目的战绩都很浮夸,有的人自称是好莱坞大片的主演,实际上就是个路人甲;什么电影节影帝往往是山寨组织,在美国小城市或者澳门、曼谷之类的城市,租一家酒店场地,请几个过气老头当评委自娱自乐;有的说做过什么《星球大战》《阿凡达》的特效,其实就是接点简单的外包,做做抠图、擦线等最简单的活。

宋智丽又立了一个大功。她回韩国做产检的时候(她和黄亚明商量后,决定让孩子在韩国出生),在海边溜达,刚好碰到在拍一个外星人电视剧的韩国著名女星——金贤惠。而更巧的是,她们还是高中的校友。

宋智丽打过招呼后,就把《汉江怪兽》的剧本发给金贤惠的经纪公司看了一下,因为挂着好莱坞巨星史丹利的名头,还有亚洲人气天王张不凡撑场,金贤惠那边也觉得这是一个国际大项目,吴海为此和黄亚明、欧阳正德特地飞了一趟首尔,居然半忽悠半邀请地谈成了。约定好两千万片酬,先付一半给女一号金贤惠。这一笔片酬价格合理,而且还引来了几个化妆品厂家和服装厂家的植入赞助,实在是皆大欢喜,锦上添花。

黄亚明也借机去了一趟未来的岳父岳母家,他们生活在仁川的一个小镇,民风淳朴,让欧阳正德流连忘返,赞叹不已。黄亚明带了许多礼物,欧阳正德也特地为爱好中国文化的宋爸爸写了书法、对联等。吴海更是一下就给了几亿韩币的见面礼,弄得是欢欢喜喜,胜利而归。

搞定了女一号金贤惠、男一号张不凡、总监制和特别主演史丹利,还有泰国导演、英国美术……众星云集,《汉江怪兽》俨然是一个现象级的超级大片了。

吴海和黄亚明、欧阳正德紧锣密鼓地参加了多次电影节、剧本版权交易会、投资人峰会等,向外界放出了拍摄《汉江怪兽》的风声。果然钱壮人胆,陆陆续续,又有一些机构公司跟投进来,外头追着吴海屁股,要参股的包工头、土老板更是多如牛毛。

黄亚明签了一打打厚厚的合同,欧阳正德每天忙着和律师草拟合同,吴海则参加一波又一波的投资酒宴、商业活动。

在最高峰的时候,金三角影业的公司账户躺着一亿多现金!

有钱好办事,公司员工都轮流带薪出国玩了一趟。去新马泰的居多,欧洲的也不少,最远的去了南极,大家都对这部电影的拍摄充满了极大的乐观,预计保守票房收入也从十亿蹿到了二十亿,甚至有人说肯定会打破三十亿的国产票房纪录,在国外搞不好也能有大几亿美金的票房。

"第一部一炮打响后,我们会再接再厉拍续集《黄河怪兽》《亚马孙怪兽》《尼罗河怪兽》《湄公河怪兽》《乌龙江怪兽》……"

秋天是个收获的季节。在一个秋高气爽的日子,吴海决定将金三角影业的大本营从门面狭窄的金融街写字楼搬到永定河边的一座六层独栋别墅。租金是一年一千万。所有员工就近租房,一日三餐、来回车费,公司全数报销。

永定河,海河流域七大水系之一。这个选址是周书记介绍,一个江西龙虎山过来的张天师选定的。

张天师卜了一个良辰吉日,恰是重阳节那天,公司举办乔迁大喜。但其实从中秋节起,张大师就提早到了北京,入住万豪酒店的总统套房。大师每周前往别墅做风水布局。不外乎是埋了一些葫芦、符咒、铃铛,洒了一些圣水、花生、米粒……

别墅门口也特地从西藏高价请来两尊开过光的大狮子。又从缅甸买了一块一百公斤的红木,雕了块长达三米的大匾额。还从山西平遥请来工人,在门口整了一座古色古香、雕龙画凤的大牌坊。

这张天师长得仙风道骨,头戴南华巾,银发玉簪,额顶龙纹,眼如虾目,面如蟹盖,三绺鲇须,穿着一件青色长袍,胸口绣阴阳,背部涂八卦,每天就喜欢弄一些空手变符、浇花开果的小把戏,唬得外行人一愣一愣的。比如张天师会找一个花盆,放一颗种子,撒上一些灵药,盖上,一会就变成一株花了。又比如张天师会表演"通灵传书"的特异功能:先让一个人在一张白纸上写一个字,张天师闭眼不看,也在白纸上写一个字,等那人打开,张天师也打开,两个人写的字居然一模一样!

很多人都看呆了,甚至有头脑不清楚的给了张天师许多贵重礼物,高价求一张符咒来保佑发财,或者讨桃花运、官禄亨通等。

这种江湖伎俩一下子就被欧阳正德看穿了。那个种子变花,其实就是很粗浅的魔术,花盆中间有一根轴,可以带着土块翻转,一面是种子,一面是花。而那个"通灵传书"就更简单了,当张天师自称自己写好字,捂在手心的时候,那张白纸其实是空白的。当求卜者亮出自己写的字,就在那短短时间内(通常天师还会说点玄乎的话来转移注意力),天师立刻用藏在指甲的铅笔头,潦草地模仿对方的字,从而灵犀相通,蒙骗对方。

很多离奇玄乎的事情,其实拆穿了一文不值。

欧阳正德看见张天师的所作所为,连连摇头。而张天师看到欧阳正德,也像老鼠遇见猫,都躲着走。

"这天师脸熟,明明是以前我在峨眉山的时候,在山脚下卖凉皮的,怎么整成上知天文下知地理的大师了?"欧阳正德丈二和尚摸不着头脑。

"你别拆穿他,"黄亚明叮嘱说,"外面的人相信就好。有些事,本来就是演戏给大家看的。"

"难得糊涂,难得糊涂啊!"欧阳正德忙着改剧本去了。

吴海是基督徒,但是他信风水。上帝创造万物,当然包括风水。

但他其实更相信自己。

11　放卫星

重阳节当天是个晴朗无云的好天气,吴海和黄亚明、欧阳正德带领金三角(中国)影视文化传播有限公司,在影视圈子里放了个大卫星。

先是那天大发英雄帖,请来各路名人、演艺圈大佬、港台明星、圈内贵人、发行商、相关部门领导等,还来了电视台的多位主持人撑场,各地投资方、合作方、广告方、亲朋故旧等,都纷纷前来助阵。花里胡哨、奇形怪状的豪车把整个别墅区堵得严严实实。

公司的三十多个艺人、七十多个作家,也都从各地辐辏赶来,共庆开张大典。马光头导演那天特别给力,带了一大帮武行兄弟过来,在公司门口舞龙舞狮,敲锣打鼓。周书记、高仁、娄发财、朱总、Mara姐、杰克等也都来了,三太子也送来一组花篮。娄发财搂着一个穿着露背装的艳丽女郎,黄亚明一直觉得眼熟,后来才想起是公司前两个月刚解约的一个女艺人。

"啧啧,我还以为她退出演艺圈,原来是被娄老板挖走了。"

"我再投你个别墅,给我的干女儿加点戏,如何?"娄发财春光满面地说。

"没关系,加个续集都可以。干杯!"黄亚明喜笑颜开地说。

"干!"

有个住在永定河边的乡亲说:"贼热闹了今天,路过的不知道的,还以为是什么天大的事儿呢。"

晚宴请了人民大会堂的退役厨师,还有玉泉山庄的营养师指导,全部按国宴标准,准备了满汉全席! 光是餐具就买了五六十万:有景德镇全套瓷器,云南大理银器等;酒水就花了七八十万;送的礼品是最新的苹果手机;武夷山大红袍、安溪铁观音、西湖龙井等总共也花了一百来万。

来的客人也有送牌匾、字画、摆件、书籍、奖杯、雕像等千奇百怪礼物的,堆得一整间屋子都是。

大家品尝着山珍海味,吴海西装革履,在几个前任国际模特比赛冠军、风采依旧的选美小姐的众星拱月下,郑重地宣布:"我谨代表金三角影业宣布:《汉江神兽》电影正式建组了!"

"哗啦啦……"台下响起排山倒海的掌声。

对了,从《汉江怪兽》改名《汉江神兽》也是张天师掐指更名的,黑龙王也用先天斗数确认了后者更有卖相。不过那天黑龙王没有来,只派了花仙姑来,可能是生气这么重要的仪式,为什么吴海不请自己堪舆做法。欧阳正德知道个中原委——黑龙王出场费比张天师贵三倍。

张天师那天出尽了风头,他还在众目睽睽之下表演了一个茅山道法:空盆来蛇!

"看! 这是一个铝盆! 还有我,老油条。帅哥们都过来跪一跪,拜一拜啊!"黄亚明说了个冷笑话。

"为什么?"有人不解。

"拜了我以后就有女朋友(铝盆油)啦!"

全场哈哈大笑。黄亚明把空盆递给张天师,天师用一块红布盖上,掐着手指念念有词:"太上老君,急急如律令!来!"一掀开红布,居然变出了满满一盆的蛇,吐着芯子,把在场的女宾都吓坏了。

那天好多大佬争着和张天师合影,好几个女星当场拜他为干爹。张天师收弟子的见面礼收得合不拢嘴。

那一天,史丹利遗憾地缺席了,他正在美国白宫参加总统晚宴,没到现场,但特地在下午发来一个喜气洋洋的视频,还用中文给在座各位祝福:"金三角!金太阳!蒸蒸日上!恭喜发财!"

张不凡和宽少来了不到五分钟,尾随而来的粉丝起码上千人,造成了不小的骚动,还踩烂了两箱十万块的洋酒。

韩星金贤惠也专程飞了过来,神采奕奕,气质超人,化妆更是天衣无缝,脸蛋、脖子和胸口都是一个色调,谋杀了无数记者的菲林和硬盘。

明星王倩雯也特地从台湾赶过来捧场,她脸颊肿了一大块,明显不如金贤惠光彩夺目。那天发生的唯一不愉快的事情,是丹妮姐代表王倩雯委婉地质问吴海,到底谁是女一号,按照先来后到的顺序,也应该王倩雯是女一号啊。

吴海很狡黠地回复说:"我保证在台湾上映的时候,王倩雯的名字肯定挂在第一位。"他抛了个眼神,黄亚明捧着一条三十八万块的施华洛世奇项链送过来当作手礼,丹妮姐戴上光鲜亮丽的项链,登时无话可说。

望着如云的嘉宾,吴海觉得万事俱备,成功近在咫尺。更开心的是,那天也来了十几家电影发行机构,都表示愿意承担《汉江神兽》的宣传发行。

"吴总,我们可以帮贵公司垫资发行。"

"吴兄,您真是人中龙凤,开个保底吧,我回总部汇报一下。"

"吴爷,这杯酒喝了!无论如何,联合出品人给我留个位置啊。"

"吴皇万岁万万岁,干杯……"

黄亚明也喝多了,趁着酒兴,对拿了丰厚车马费的记者们宣布:"拍完《汉江神兽》的电影,我马上在工体准备万人演唱会。新专辑正在录制,哦耶!"

欧阳正德那天非常低调,谢绝了所有采访。那天所有的作家都来了,就是少了陈美和郭绣雪两员爱将。他很担心。她们在和自己暗战吗?

金三角影业开业庆典暨《汉江神兽》电影新闻发布会就这样闹哄哄地过去了。

金三角影业现在扬帆起航,全速前进!《汉江神兽》各条战线的筹备工作有条不紊,公司计划第二年开春正式开机,大干一场!

吴海那段时间特别忙,一会飞香港谈动作指导,一会飞台湾谈灯光摄影,一会飞日本谈虚拟影像,一会飞欧洲谈海外发行,一会飞新西兰谈特效制作。

导演组、制片组、美术组、财务组、道具组、茶水组……各部门都分头行动。有的看景,有的搭景,有的找素材,有的画分镜,有的设计服装,有的采购道具……

黄亚明还安排办理了全公司上百号人的韩国签证,已经有一个美术团队前期飞到了韩国仁川,租了一个两百公顷的工厂用地,在搭一些必要的电影场景。

吴海临时又想在怪兽出来的时候,加一场在动物园的破坏戏。黄亚明就加急联络动物园,找律师问要怎么租赁动物,怎么拍摄才不会违法等。总之,黄亚明的琐事屁事最多,他却乐此不疲。

　　几经折腾,金三角影业创作部门的电影剧本做了二十四稿,也终于搞定了。

　　原著是莫真,第一编剧当仁不让是欧阳正德,但接下来挂的名字是郭绣雪还是陈美呢? 从文本上分析,剧本用了更多郭绣雪的内容,连幽默时尚的台词也多用了她的,但人物的性格设定,一些惊心动魄的悬念场面,以及最重要的几场大戏,却选用了陈美的剧本。

　　不知为何,欧阳正德有点偏心,就把陈美的名字挂在了第二位,郭绣雪放末位。就当是因为陈美在文坛的资历更老点吧。他自欺欺人地想。

　　欧阳正德为此还特地去了一趟天津,陈美住在南湖附近。欧阳正德开着一辆商务车,在一个很老的街区转了半天,才打听到陈美的住址。

　　"哦,是那个租在这里的单亲妈妈啊。"一个门房老伯神志不清地说,"你是她老公吗? 怎么这么久,都不来看看孩子啊?"

　　欧阳正德尴尬地笑着,无法回答。

　　他提着一个比绿巨人还大的芭比娃娃和一个五颜六色的果篮,气喘吁吁地爬到了七楼。陈美住的是一个狭小逼仄的单身公寓,门口放了一个鞋架,上面整齐地摆着孩子的鞋子。门口还放着一个鱼缸改造的玻璃书柜,摆满了陈美看过的书。那些书都比较冷门,很多欧阳正德都没涉猎。

欧阳正德莫名有点同情女作家的生活,轻轻敲了门,开门的却是乖巧的小蝴蝶。

"欧阳叔叔,你怎么来了?"小蝴蝶热情地拽着他的衣角,"快进来,快进来。"

"你妈妈呢?"

"嘘,她在写东西,不要打扰她……"小蝴蝶踮起脚关门,懂事地说。

欧阳正德脱鞋,走进去一看,这公寓应该是二十世纪九十年代建设的,墙壁斑驳,只有三四十平方米,但木板擦得很干净,家具纤尘不染。家里也没有电视,墙壁上都是书和小蝴蝶的绘画作品。在局促的墙角还有一台锃亮的钢琴。陈美正蜷着瘦弱的身体,捧着笔记本,斜靠在飘窗的一张小沙发上,在琢磨剧情。

他就默默地看着她。

她沉思了十分钟,要起来喝口水的时候,才看到了欧阳正德。

"你怎么来了?"陈美明显露出慌张与少女般窘迫的羞涩来。果然是千言万语,不如脸红。

"你没去参加公司开业,我以为你生我的气了。"欧阳正德也忍不住脸红了。

"我最近在写新书。"陈美解释说,"再攒点钱,我准备买个小房子。"

"还差多少?"欧阳正德好心地问。

"想用金钱收买我?"陈美笑了,"你别欺负我们孤女寡母了。"

她笑起来的时候,苍白的脸上就多出几分玫瑰色的润泽。

164

"哟,到吃饭时间了。"陈美看着电脑屏幕说,"我给你做饭吧?"

欧阳正德正客气地婉拒,陈美打开冰箱一看,自己也不好意思了:"家里都没菜了,我们还是下楼吃吧。"

欧阳正德就带着陈美和小蝴蝶,一起开车到了一个城市综合体吃饭。吃饭前,路过服装店,欧阳正德还买了两套进口的公主衣服送给小蝴蝶。

小蝴蝶指定要吃西餐,他们就去吃王品牛排。小蝴蝶对西餐的礼仪非常娴熟,什么刀吃肉,什么刀吃水果,吃完叉子怎么放,都一清二楚。

欧阳正德想问谁教的,又担心自己有点八卦。上冰激淋的时候,有个服务员奉承地说:"小朋友,你长得和爸爸真像。"气氛顿时有点尴尬而温暖。

"你们有钱人都这样泡妞的吗?"陈美带着一副睿智与精明的冷笑问。

"我哪里有钱?小时候也都是苦过来的。"欧阳正德说,"我老家在攀枝花,那里产煤的。我爸爸是个煤矿工人,每天他去地下挖矿,我妈就特别担心他回不来。"

"后来没事吧?"

"我爸没事啊,但我妈没了。"

"怎么了?"

"我爸因为打人坐牢了,我妈就去成都当保姆,被一个已婚的辣椒商人看上了,就和我爸离婚了。"欧阳正德回忆说,"我爸后来也不差,出狱后承包了一个煤矿,没少在外面花天酒地。"

"对不起啊。"

"不过我妈对我挺好的,每年都邮寄东西给我。也怪我爸那时不争气,又爱喝酒,又爱打牌。"欧阳正德说,"是监狱改变了他的人生观。"

"是啊,有时候艰难的人生也是一份命运的礼物。大才子,你说是吧?"

"才华是我的通行证。"欧阳正德叹口气说,"小时候,老人家说,只有读书才能改变命运。我就想一定要考到北京大学去。后来差了一分,到了四川师范大学,研究生还读了个哲学专业,稀里糊涂就成了大学老师。我还在峨眉山待过几年呢。"欧阳正德含了一根筷子,"啪"地咬断,"呸"地吐出来,半根筷子深深地插入了木头桌子,连服务员都看呆了,忘记了索赔。

小蝴蝶看傻了,连连拍手叫好。

"小把戏而已。"欧阳正德吐纳呼吸,一脸云淡风轻。

"你的经历也挺特别的,咳咳……"陈美有点激动地鼓掌。

"你没事吧?我啰唆了。吃好了吗?有点闷,我们出去走走吧。"

陈美伸手拔了一下筷子,居然没有拔出来,欧阳正德果然是内力深厚。

埋单后,走出商场,欧阳正德带着陈美母女到了风景秀丽的南湖,逛了一大圈,还坐了小火车、摩天轮,划了会船,又在草地堆沙子城堡,放了一个五米长的凤凰风筝。

不知不觉已经是六点半了。陈美建议去超市买点菜做饭,小蝴蝶也希望欧阳正德留下来。很不巧,吴海打来电话,叫欧阳正德回公司。

公事要紧,欧阳正德就和陈美依依不舍地告别,离开了风景如画的公园。小蝴蝶一直目送他的车到路的尽头,他猜她一定哭了。

在路上浑浑噩噩地开了两个多小时到了公司,问画家小晴什么情况,小晴说吴海去了白云湖,因为欧阳正德来晚了,他就和黄亚明先去了。

他俩又搞什么大事,神神秘秘,居然都冲到了白云湖。欧阳正德忍不住想,早知如此,我干脆逗留在天津,如果晚上再和陈美吃一顿烛光晚餐,那这一天就更完美了。

华灯初上,黄亚明把车子开得飞快,车上坐着吴海,还有黑龙王,车子经过庄严的长安街,绕过一些宫廷建筑,到了一个非常神秘的地方——白云湖!

这个事情其实和吴海本来没有关系,情况是这样的:那天公司开业后,风水大师张天师大出风头,就有一个神秘嘉宾,想要讨一个老领导的欢心,让张天师传授一点茅山道法、养生秘诀,就把张天师请到了白云湖去。

张天师到了白云湖,真是刘姥姥进了大观园,顿感心虚脚软。本来那个老领导也只是爱好太极和八卦,喜欢和民间高手切磋交流。轮到张天师上场后,他指天道地地吹了一番,这个园林风水太阴,那个大殿容易起火,搞得一帮工作人员都十分尴尬。

老领导和蔼可亲地问:"听说天师会隔山打牛,奇门遁甲,不如露两手?"

张天师就从嘉宾手里拿了一个脸盆,说:"我来给首长表演一个潜龙在渊!"

"什么意思?"老领导听不明白。

"就是空盆里变龙出来。"张天师解释说。

"龙?"

"咳咳,是龙子,蛇啦。"神秘嘉宾说。

领导一听来兴趣了,就看张天师表演。

张天师捋起袖子,撩起道袍,把金灿灿的脸盆往地毯一放,念了一下咒语,打开脸盆,赫然出现了一条蛇,全场的人都吓坏了。张天师还要表演"群龙飞天"。一直站在老领导旁边的一个艳丽女子皱起秀眉,在场的保镖怕伤着了老领导,赶紧冲过去架住张天师的双手。张天师一折腾,裤管里不知道怎么就掉出好几条捆好的长蛇,在场的人都看呆了……

当然,这是吴海后来听到的传闻,也有人说张天师那天没有焚香沐浴,没有把搬山运海的五丁神明请来,而且张天师的八字和老领导犯冲。

总之,表演失手了。

老领导没说什么,就在那个美艳女子的搀扶下,转身走了。工作人员就问张天师:"你! 什么人!"

张天师吓得差点尿了,就结结巴巴地说:"我,我其实不姓张,我是峨眉山下卖凉皮的。"

"你什么单位的?"

"我,我……"张天师瘫软在地,想了半天,坑人地举起三根手指说,"金,金三角……"

"金三角影业?"工作人员登记好了,说,"叫公司负责人来一趟!"

神秘嘉宾赶紧打电话给吴海,吴海一听,这不是没事找事?他知道黑龙王手腕通天,于是赶紧请他一起进白云湖,拯救天师。

到了白云湖门口,有士兵持枪过来查车,登记了车牌、驾照等,又用一个长柄的专门仪器伸到车子下检查了半天,才放了进去。

黄亚明开车进去,停在院子里,一看到处鸟语花香,但也发现许多隐藏的探头和枪口都盯着自己,就老老实实待在车上,没有去参观。

吴海和黑龙王来到一个十分朴实的大房间,似是以前开会的地方。

张天师就瘫软在那里,浑身冒汗。黑龙王赶紧和工作人员解释了一番,并再三道歉。黑龙王很有修养,工作人员倒是对他十分礼貌,还喝了会茶。

"看来不经过实践认证的气功都是伪科学啊!"工作人员说,"老领导有点生气,说要拆穿这些封建迷信的行为!"

黑龙王赶紧说好话。

一旁的吴海长长地松了一口气,有点尿意,就问厕所在哪里。工作人员指明了方向。

吴海走到鲜花烂漫的花园,穿过鸟鸣虫叫的林荫小径,才到了一个香喷喷的厕所。

黄河泄洪后,他一身轻松,急匆匆地跑回去,转过花圃,不小心撞倒了一个身材标致、一身贵气的美艳女子。

"哎哟,对不起,我不是有心的……"吴海赶紧扶她起来,四目相对,顿时愣住了。

"Penny,是你!"吴海实在无法相信,居然会和十年前的美国故人马翩翩在中国最神秘的地方重逢。

"你,你真的是首长的女儿?"吴海问。

"不是。"马翩翩否认说,"我是,我是,哎! 有些事,你还是不知道的好……"

"你当时真是把我害惨了,要不然芳姐也不会被判那么多年……"

"对不起,吴海,"马翩翩说,"那时候我的家族陷入了一场巨大危机,我不得不提前回国,你给我的那笔钱,我当时也花掉了,但是我现在可以还你更多……"

"还我?"吴海抓住了马翩翩的手腕,气不打一处来地说,"你以为感情是可以用钱衡量的? 我对你付出那么多,甚至拐了女朋友的钱给你运作,你却欺骗了我!"

"对不起,吴海,真的对不起……"马翩翩说。

"喂! 干什么呢!"一个警卫持枪冲了过来。

"没事,我们是朋友。"马翩翩轻描淡写地说。

"朋友? 十年之前我们是朋友,十年之后,却再找不到问候的理由!"吴海忍住不让自己的眼泪掉下来。

"好啦,没事啦!"黑龙王拉着张天师的手踱出来,"吴海,我们走了。"

"海,"马翩翩伤感地说,"其实这么多年了,我还是一直把你放在心上。很多人喜欢我,是因为我的家族原因。但是吴海,我知道你就是纯粹地喜欢我。"

"因为很喜欢,所以很受伤。"

170

"对不起……"

"没关系,再见……"吴海一时情绪激动,也不知道怎么面对马翩翩,只能干脆利落地告别。

黄亚明发动车子,带走了吴海、张天师、黑龙王等人。

"我,我会被枪毙吗?"车子开到了长安街,张天师弱弱地问。

"刚刚收到嘉宾的短信,说有人向老领导求情,把今天的事情总结为魔术表演失手,没什么要紧的。"黑龙王郑重地说,"装神弄鬼,招摇撞骗,是为人大忌啊!"

"那您呢?"黄亚明不知好歹地问。

"国学!国学!我那是精深博大、玄之又玄的国学。"黑龙王抑扬顿挫地说。

车里尴尬了三秒钟,大家都笑了,只有吴海还在发傻。

"刚才那美女是谁?你们认识?"黄亚明问。

"哎,别提了!"吴海难过地看着窗外的浮光掠影。如果不是马翩翩拿走了救芳姐的钱,又失信失踪,他也许今天就可以安安逸逸地待在美国,坐拥繁华。

可是现在在中国打拼事业,不也是另一番命运的眷顾吗?

"那马小姐是一个举足轻重的人……她在美国很有影响力……她已经结婚了……"黑龙王的话渐渐模糊在风中。

在一个繁华的路口,吴海客气地请故弄玄虚的张天师下车,他想他们以后再也不要见面了。但是马翩翩呢?

吴海的心头又冒出了雪梨清纯无瑕的脸。当他年少轻狂的时候,曾经离爱情那么近,咫尺之间,转眼又成天涯沧海……

一周后,神秘嘉宾又来到公司,还打了一笔不小的钱过来,说要投资电影。吴海自然猜到了钱的来源,就委婉地退了回去。

"我想世上总有些事,不是钱可以弥补的。"吴海望着窗外的星空感慨,"有些人,就像空中的两片云,偶然相逢,然后渐行渐远……"

"是我的话,就让她连本带利地还钱!不要白不要!"黄亚明大大咧咧地说。

"就让往事如风,一切莫要再提。"欧阳正德也建议不要再往电影里掺杂太多的私人情感、是非恩怨。

天师风波后,吴海和黄亚明、欧阳正德又组团去了一趟韩国的济州岛。

吴海说济州岛的海边火山地貌十分古怪奇特,大大有名,考虑把神兽出没的重场戏放在济州岛拍。而且高总也介绍了几个在韩国经商的朋友,都有兴趣投资电影《汉江神兽》。

欧阳正德担心剧情需要因地制宜地改动,就约了郭绣雪一起去采景。郭绣雪那段时间迷上了网络直播,天天在家,穿着花衣裳对着镜头和网友说鬼故事,赢得了超高的人气和不少的打赏,摇身一变成了"惊悚女王"。欧阳正德好不容易才把她从一堆鲜花和打赏中拉了出来。

"欧阳老师,这趟陪您出门,至少损失我一支娇兰唇膏。"绣雪说。

"不就是唇膏,我给你买一打。"欧阳正德大言不惭地说,用手机查了娇兰黄金钻石唇膏的价格后,他闭嘴了。

金三角影业的几个同人在济州岛市区里连续转场,陪同韩国资方吃腻了烤土猪肉和韩国海鲜后,吴海就和黄亚明回酒店休息了。

欧阳正德和郭绣雪走的是文艺路线,早上去日出峰,下午去牛岛,晚上去黑猪一条街。一个是深藏不露,内涵饱满,一个是青春靓丽,活泼可爱,俨然最流行的大叔与少女组合。

欧阳正德看出郭绣雪对自己有好感,恋父情结他完全可以理解,因为郭绣雪出生在一个单亲家庭,很早就失去了爸爸,她对欧阳正德的崇拜和小蝴蝶对他的喜爱如出一辙。欧阳正德很欣赏她的才华,只能刻意地保持一定距离,礼貌而不失周到。

这真的很难。

也是合该出事,黄亚明晚上睡不着觉,就到酒店楼下的赌场去玩。

这酒店十分豪华,自带高尔夫球场,不仅有免税店,还有合法的赌场。

黄亚明没带什么现金,卡里有个两三百万,也许是晚上喝高了,也许是心烦宋智丽催婚礼的事,他心浮气躁,沉不住气,没过两个小时,三百万现金就输光了,又找叠码仔刷了信用卡,继续玩。一转眼又半小时,已经输了快一千万。

他本来想走,但赌瘾上来,忍不住再找码仔借了一千万筹码。手续很简单,就是留下护照复印件,签了一份反正他也看不懂的韩文借款合同。

一晚上下来,黄亚明输了快三千万,看着周围灯红酒绿、魑魅魑魅般的幢幢鬼影,黄亚明终于有点醒了,但已为时太晚了。

半夜三更,吴海房间里的电话惊魂不定地响了。

吴海以为是色情服务,没好气地挂了几次电话,甚至拔了电话线。刚不胜其扰地恍惚入睡,居然有人直接来敲门了,吴海穿着睡袍打开了门,一个穿着黑色西装、十分壮硕的高个韩国汉子站在门口,用蹩脚的英文说:"吴先生,你朋友叫你还钱。"

"还钱? 什么玩意?"吴海睡眼惺忪地坐着电梯,冲到了酒店的豪华赌场,黄亚明已经被十几个凶神恶煞般的打手软禁在一个 VIP 房间。搞笑的是那个房间居然还有 KTV,黄亚明正点了一首自己出道时的歌曲,在嘶哑地唱:"假如说你真的要分手,把我的礼物还给我,我想我真是瞎了眼,居然会爱上你这王八蛋……"

"吴海! 救我! 他们出老千! 下套!"黄亚明放下麦克风喊。

"欠了多少钱?"吴海问。

"五十亿。"一个打手说。

"五十亿?"吴海听得目瞪口呆。

"有你说话的份儿吗?"一个穿着白色西装的中年大叔揍了打手一拳,打手鼻血都喷了出来。原来这赌场的红地毯都是这样染成的。大叔杀鸡儆猴地说:"五十亿韩元! 三千万人民币!"

"三千万?"吴海真恨不得揍黄亚明三百拳,他盯着韩国大叔的眼睛问,"您是?"

"我是朴会长,这里我说了算。"朴会长贼贼地问吴海,"你们打算怎么还钱? 不许报警哦,我知道你们是哪里来的,他的未婚妻叫宋智丽,我连他仁川乡下的岳母家都知道……"

有个应该是中国留学生的小白脸助理做着同声翻译。

"去你妈的！老子灭了你！灭了你！"黄亚明像一个鸭子一样折腾着。

一个打手冲上来，轰然给了黄亚明的腹部一拳，黄亚明吐痰，喷到了中年大叔洁白的领子上。

朴会长神经质地掏出一块丝绸手帕，反复地擦拭着污迹，而后狠狠地给黄亚明的头部几拳，又将手帕用力地摁在他流血的鼻子上。

"不要太过分啊！"吴海说，"凡是可以用钱解决的，都不是大问题！"

"这么说，你肯帮他还钱了？"朴会长问，黄亚明的鼻血已经完全渗透了手帕。

黄亚明像死鱼一样躺在地上，无法呼吸，满脸发紫，几乎死掉。

"住手！"一个人电光火石地冲了进来。

几个打手迎了上去，来人一个野马分鬃，招式拙朴，却力道惊人，团身一拨，七八个韩国打手都稀里哗啦地飞了出去。

"欧阳！"吴海吃惊地喊。

"刚逛街回来，听说亚明出事了。"欧阳正德穿着中山装，气宇非凡，宛如从香港武打片里钻出来的绝代高手。

韩国大叔这才悻悻地松开了黄亚明。

"这么晚还泡妞，见色忘义……"黄亚明捂着被打肿的眼睛，嘴贱地说。

"欠钱不还的中国人！"朴会长一招手，一排凶神恶煞般的打手再次围住了吴海、黄亚明、欧阳正德这三个中国男人，现场气氛凝固，剑拔弩张。

"中国人！赖账！不还钱！"韩国打手叫嚣着。

"打死他们！"

"大家冷静点！"吴海挺身而出，用英文说，"有兴趣的话，我们再来赌一把如何？"

韩国朴会长张狂地大笑起来，用蹩脚的英文回答："哈哈哈，你知道我在韩国的名字叫什么吗？"

"什么？"

"他们都叫我——千手如来。"朴会长傲慢地招着手大声说，"我是韩国第一赌王，朴太顺。"

"没问题，我和你赌。"吴海发出挑战。

"赌什么？"

"随便你。"吴海自信地说，"一局一千万，三局定输赢！"

"真是说梦话！我很有兴趣和你玩玩，"朴会长踢踢地问，"但是你有钱吗？"

吴海掏出手机，打开公司账户，指着一排数字说，"看！还有五千万，你如果赢了，我全部还你！你如果输了，就把人还给我。"

躺着的黄亚明着急地喊："海，别赌！公司要紧，我烂命一条！"

"少安勿躁。"欧阳正德正色道，"你马上要当爹了！何况，我们是兄弟！"

"对！兄弟同心，其利断金！"吴海中气十足地吼，"开始吧！"

"那就来吧！"朴会长胸有成竹地说，"第一局，德州扑克如何？"

"太麻烦了！我们来个抓飞龙！"

"什么叫抓飞龙？"

"一副牌，撒到空中，落地前我们任意抓一张，然后比大小！"吴海说。

"有意思！干脆利索！"朴会长伸出鹰爪般的手，"老鹰抓小鸡！"

"准备！"朴会长说完，掏出一副崭新的扑克，在双手中飞龙舞凤地转动，扑克牌行云流水，哗啦哗啦地流淌，让人眼花缭乱。

突然，他胳膊嗖地抬起，双手一洒，整副牌如天女散花，高高地丢到了空中。所有围观者的脑袋都不由得抬起来。

吴海一眼就认出了纷纷扬扬落下的牌中的黑桃 A，马上跳起来去抓。一个打手用一记跆拳道的十字踢，踹中了吴海的心窝，吴海一个趔趄，朴会长立刻趁机跃起，探出鹰爪，抓到了黑桃 A 的边，吴海在地上一个扫堂腿，朴会长摔倒在地。吴海长臂一舒，捞到了另一张牌。而朴会长也在倒地的瞬间，勉强在脚踝处摘了一张牌。

"亮牌吧！"美艳性感的女荷官喊。

吴海亮牌，是一张梅花 4，旁边的打手们都哈哈笑了："这个中国佬输定了！"

"我赢了。"朴会长冷冷地说，"我刚才抓的是黑桃 K。"

"是吗？"欧阳正德酷酷地问。

黄亚明偷笑着说："黑桃 K 应该在你的脚底下。"

朴会长挪开一步，果然脚上是一张黑桃 K，他翻开自己的牌，顿时脸绿了，是黑桃 3！

原来在朴会长摔倒的一瞬间，黄亚明憋住嘴巴，用力地吹了口气，吹走了朴会长指间的黑桃 K。输赢，往往只差毫厘之距。

"耶！我们赢了！"黄亚明激动地喊。

吴海帅气地握了一下拳头，谦虚地说："承让承让。"

"哼,第二局,我们玩色子!敢不敢?"朴会长嚣张地问。

"为什么不敢?"吴海接招。

朴会长招了个手,两个打手送来两个赌盅,里头各有六个色子。

"比大还是比小?"吴海问。

"比小!"朴会长说完,双手滚甩,翻江倒海,甩动骰子,气势惊人。足足耍了一分钟,打开一看,六个色子摞成了一条直线状的宝塔,第一个面上的色子是一点,总共居然只有一个点!

"太厉害了!色神啊!"手下们拍手叫好,"不能更小了。"

"难不成你还能把色子变没?"朴会长胸有成竹地笑了。

吴海心里早有打算,他以前也是玩色子的高手,准备听音辨声,也摇一个一点,起码可以和对方打平。但是他一接过韩国打手递来的赌盅,看到对方坏笑的样子,就知道坏事了。原来这个盅动过手脚,里头包了一层厚厚的海绵,他根本听不出色子滚动的点数。

吴海麻木地甩动着色子,根本听不出一二三四,他知道要输了,紧张得脸色通红,双手颤抖,像帕金森综合征发作一样。

"吴海,你的表带松了。"关键时刻,欧阳正德突然开口,伸出手来,闪电般地点了一下吴海的手腕。

说也神奇,借力用力,隔山打牛,吴海顿时觉得一股绵绵不绝的罡气从自己的手腕传输到了赌盅里。他清晰地听到了器皿破裂的闷响。

"开啊!开啊!"韩国赌徒看热闹地喊。

黄亚明瞪得眼睛都凸出来了,青筋暴露的头上沁出了滚滚的

178

汗珠。

"别耍把戏了！打开吧！"朴会长得意扬扬地说。

性感的荷官慢慢地打开了盅,所有人屏住呼吸聚焦赌盅,随着盅盖打开,无数个头凑了过去,现场立刻爆发出一阵雷鸣般的笑声。

赌盅里六个子,一二三四五六,全部歪歪斜斜地躺着,真是贻笑大方。

"你输了！"朴会长喊。

"不,我没输。"吴海一拍桌子,声音共鸣,那六个子居然神奇地应声碎成了粉末,一个点都没有了！

空气中有色子粉末和化学制品的刺鼻味道,更有朴会长身上夸张的香水和打手们的口臭、汗臭、铜臭味……

"零点！我们赢了！"欧阳正德宣布道。

所有人都看傻了。

"这、这怎么可能?"

"作弊的中国人！"

"是、是气功……"一个老赌徒吃惊地说。

"这不算吧！"

"为什么不算?"吴海大声问,"色子是你们拿的,赌盅也是你们设计的,难道你们玩不起吗?"

"算你狠！"朴会长咬咬牙,让手下们退后三尺,他终于知道自己今晚遇上了劲敌,已经连输两局,最后一局他一定要掰回来！

"最后一局,赌什么?"吴海咄咄逼人地问。

"麻将！"朴会长说。

"麻将？哈哈哈哈！"三个男人都笑了，但是笑得很心虚。

"不好意思，我是北方人，不会打麻将。"黄亚明说。

"我只会四川麻将。"欧阳正德说。

"我，你，我叫一个帮手，你再找一个帮手……"朴会长叫了那个刚才看出欧阳正德有气功，手掌蜡黄，右手还缺了一根小指头，面似僵尸的老赌徒上台帮忙。

但是中国这边除了吴海，没人可以参战。

"没人参加的话，你们就输了！"朴会长得意地喊。

众人都在观望，发出嘘声，做出下流的手势："滚蛋吧！中国人！输死你全家！"

"我可以吗？"一个娇滴滴的声音意外地从门口传来。

众赌鬼回头一看，居然是一个清新可爱的中国女孩，梳着辫子，穿着旗袍，正是少女郭绣雪！

"你，你会玩麻将？"黄亚明结巴地问。

"三岁就会了。"郭绣雪闪着长睫毛说。

整张汉白玉雕刻而成的麻将桌，由四个大汉恭恭敬敬地抬了过来。荷官监督，四个人人工洗牌。其他人退出三米开外，远远看着。

朴会长和老赌鬼在洗牌的时候，用手指巧妙地藏放好牌，吴海也伸出手来，以一敌二，搅乱牌局，彼此纠缠了一番。荷官作弊丢色，丢下来的时候，站在旁边的欧阳正德突然打了个大喷嚏，色子歪了一下，荷官没要到她心仪的点数。

朴会长用能杀人的目光白了欧阳正德一眼，欧阳正德抱歉地说:"海边风大,着凉了。"

四人开始娴熟地拿牌,堆砌长城,朴会长的下家是吴海,吴海下家是九指赌鬼,赌鬼下家是郭绣雪,郭绣雪下家是朴会长。

朴会长出牌很刁,都是死门,吴海根本就没法吃牌。吴海虽然一手好牌,只一张就听牌,却怎么也听不了,看来只能自力更生地摸牌了。吴海看出朴会长是一手烂牌,他故意破罐子破摔,在牵制自己,只要让赌鬼赢就可以了。

吴海自摸,运气很好地摸到了一张牌,他听牌了!他伸出手掌,做了个盲语的手势,暗示自己听五八饼。吴海随意打出了一张好牌,没想到被赌鬼吃了,他也已经听牌了。赌鬼也朝朴会长做了一个手语,暗示自己听三七条。

郭绣雪慢吞吞地看牌,想不清该出哪个牌。大家看出她也是一手烂牌,正焦头烂额。真是菜鸟,黄亚明心里紧张得不行,欧阳正德后悔刚才为什么自己不上。

"快点啊!啰啰唆唆的!"朴会长凶巴巴地催着,郭绣雪就随便出了一张二万,又立刻反悔想换牌,但大家都不肯了。

"我吃!"朴会长吃了郭绣雪的牌,顺手丢了一张五饼,赌鬼一看,喜不自禁,马上伸出手来,"胡了!"

"截胡!"夹在朴会长和赌鬼之间的吴海抓过牌,抢先一步胡了!

"你出老千!你明明要胡条!"朴会长质问。

"你才出老千偷看我吧!"吴海摊开了牌,手里清一色是饼,一个条也没有。原来刚才他打的暗号是假的,声东击西,将计就计,骗过了对手。

而郭绣雪其实一手好牌，却故意装腔作势，打错了牌，转移了朴会长和赌鬼的注意力。

"耶！三局三胜！三千万！全部搞定了！"吴海疲倦地站起身来。

"慢着！"朴会长伸手拦住了吴海。

"怎么了？"欧阳正德气沉丹田地问，"还讲不讲江湖道义了？"

"想耍赖？"黄亚明问。

"你赢了！你的赌技和你朋友的身手，让我佩服！"朴会长峰回路转地伸出手说，"我们交个朋友！"

"朋友？"吴海怀疑地看着。

"这样就是待客之道？"黄亚明指着自己的鼻青脸肿。

"对不起，赔你医药费。"朴会长示意，一个码仔送给黄亚明一沓高高的筹码，众打手哈腰鞠躬。

"三位中国来的贵客，"朴会长换了一副谦卑的表情，"其实，我知道你们来韩国拍电影，所以我和你们开了一个玩笑。"

"真是国际玩笑啊！"黄亚明不无怨气地说，"一般人可吃不消。"

"我是认真的，你们的电影，能不能让敝会社投一点？"朴会长撸起袖子，上面都是夸张的文身，"请放心，你们在韩国境内任何地方拍摄，我们都可以提供免费的酒店住宿，还有泡菜拉面，当然，还有全天候的安全保卫工作。"

"你要多少股份？"吴海问。

朴会长伸出三个指头。

"百分之三十？"黄亚明火冒三丈地问。

朴会长轻轻地摇摇头。

"十三?"郭绣雪追问。

"不,三个点就够了。"朴会长用蹩脚的中文说,"其实,我很喜欢周润发的《赌神》,我也是个影迷。我很欣赏你们三个人,新的三国英雄!"

"没问题!"吴海抱拳,带着黄亚明、欧阳正德、郭绣雪等人潇洒地离开了酒店赌场。

"会长,为什么放他们走?"老赌鬼不甘心地问。

"有些人,我们惹不起。"朴会长掏出手机,不知道谁给他发来一张吴海走进美国唐人街商会的照片。

"吴海,福建帮!"朴会长警告说,"他是危险人物,所以不如化敌为友!"

"以后出门在外,千万别给我捅这样的大娄子了,这次要不是运气好,连你的手指都被砍下来,以后还怎么弹吉他?"吴海说了黄亚明一通。

"算了算了,别为弄翻的牛奶哭泣。"欧阳正德当和事佬。

"当你为错过流星哭泣的时候,你也错过了日出。"郭绣雪俏皮地说。

"回国后,不要告诉智丽啊。"黄亚明慎重地拜托各位。

几人各自回屋,还没睡一会,天就亮了。

第二天回国,吴海和黄亚明先到了机场,却发现欧阳正德和郭绣雪不见了,两人忐忑不安,还以为有韩国黑社会报复。

快起飞前,欧阳正德和郭绣雪才搭着的士,姗姗来迟。

郭绣雪一脸羞红,手上提着一大堆当地特产,其中以一种黑色的火山石小人偶最为特别。欧阳正德两手叉腰,若无其事又心事重重的样子。

"你们俩去哪了?"吴海问。

"去龙头岩看日出了。"郭绣雪抢着回答。

"难怪脸这么红。"黄亚明调侃说,"欧阳老师,老牛吃嫩草哦!"

欧阳正德低着头,过了安检,脑海里却回想着,刚才日出时分、漫天红霞的浪漫情景:他和郭绣雪并肩站在龙头岩波浪起伏的海边,郭绣雪那柔若葱白的手,突然紧紧地握住了他的手,充满热情,大胆火辣地问:"欧阳老师,敢不敢和我私奔?"

12　抄袭风波 VS 裸贷丑闻

　　从韩国看景回来,欧阳正德去了一趟天津找陈美,却发现她的公寓紧锁着,他摸了一下门把,已经落灰了,他的心事也蒙了一层厚厚的担忧。他问了邻居,一个疑神疑鬼的大妈打量着欧阳正德,说陈美带女儿回南方了。

　　这时已近下半年,北方天气雾霾严重,也许她们是回乡下疗养,或者去哪里旅游了吧。

　　欧阳正德不由得有点失落与挂念。他无功而返,驱车回到公司。

　　"欧阳老师,有你的信!"小晴说。

　　公司经常有快递、合同、文件、员工上淘宝买的东西,还有一些粉丝寄给作家和艺人的礼物等。

　　但是欧阳正德一看信封上律师单位的署名,就知道来者不善,拆开一看,果然是一份措辞严厉的律师函!

　　事情是美少女作家郭绣雪引发的。原来金三角影业一年前低价卖了一批图书的影视版权给某视频平台,当时对方对接人是一个叫火狐狸的老文贼。后来火狐狸又把郭绣雪写的一本人气很高的言情历史小说《天后记》转卖给某著名影视公司,经过一年多紧张制作,《天后记》已在网上开播,点击率非常高,收益数以亿计,弹幕亮瞎眼,成为一个标杆性的网剧作品。

185

木秀于林，风必摧之。不知道是不是同行挑拨，莫名地跳出一群老牌作家，在许多文学网站、论坛及微博、微信等自媒体发帖，长篇大论，指责郭绣雪抄袭了他们的作品！

抄袭是重罪。虽然说天下文章一大抄，但身为一个创作人，被攻击抄袭，简直是奇耻大辱，这帮作家还联名请了律师，准备向郭绣雪提起诉讼。

更火上浇油的是，那家影视公司和视频平台也都要求金三角影业给一个合理交代，否则就要起诉金三角影业，提起天价索赔。

这绝对不是小事，欧阳正德拿着那张轻飘飘的律师函，却好像扛着几万斤的铅块。

欧阳正德立刻开车，去通州找郭绣雪。

他在一家咖啡店里找到正捧着笔记本，像猫一样蜷坐在沙发上，一边写作，一边直播的郭绣雪。

"欧阳老师？请我喝咖啡来了？"郭绣雪看到欧阳正德意外出现，露出花朵般的笑容。

"是真的吗？"欧阳正德丢下律师函和那本言情图书，劈头就问。

旁边的店员和几个书迷都吃惊地看着郭绣雪，甚至有人立刻开始视频直播。

"怎么回事？"郭绣雪嘴里叼着的棒棒糖掉了下来。

欧阳正德和郭绣雪促膝长聊了两个小时，店里的服务员还以为他是她爸爸。郭绣雪诚恳地解释，说着说着，委屈地掉下了露珠般的眼泪。欧阳正德忍不住给了她一个鼓励的拥抱。

原来那本书其实是郭绣雪的处女作，那时候她刚出道，并不懂写作规矩,在描写一些古代服饰或景观的时候,一时找不到合适的描绘性词语,她贪图方便,上网买了一款智能写作软件。这个软件就像一个大字典,储存有许多名家经典的名句名段。

比方说,她输入一些关键词,如"明朝女人服装""侠客装束",软件就会弹出诸如"凤冠霞帔,巧笑倩兮,她穿着一袭柳绿色丝绸长裙,手带翡翠宝钏,脚着藕色莲花鞋……那侠士头戴英雄巾,星眉剑目,面如白玉,抿着的嘴好像一道弯月,玉树临风,身形飘逸,穿一件天青色绸缎衫,脚穿一双厚底皂靴……"等相关描绘语句,作者只要稍微改动,就可以自如地运用到自己作品里。

这种类似写作素材库的软件如果单纯用来学习欣赏,自然没有大问题,如果你拆散运用,也不会有大问题。所有小说还不是由若干段落若干句子若干词汇组成的?

但是年轻的郭绣雪太大意了,部分描写确实是大段大段的拷贝。

"我觉得他们描写得很到位,符合我书里的情境,我就用了,我真的不知道这是抄袭。"郭绣雪红着眼睛说。

"如果你的书没有畅销,也不会引来关注。但偏偏你的书改编的网络剧红了,赢得了大量不怀好意的嫉妒。这下,所有被引用的作家都找上门了。"欧阳正德分析,"人红是非多。"

"都说成名要趁早。"郭绣雪惭愧地说,"看来真是毁誉相随。欧阳老师,我那时真不懂,我以为小说是看故事构架的,我不知道抄描写句子也算抄袭……"郭绣雪坦诚地说,"从我的第二部书起,我就全部一个字一个字地做功课,没有再用那个写作软件了。"

"只能说你年少不懂事,涉世太浅了。"欧阳正德说,"而且这个抄袭案子明显背后有人操作,一起攻击公司,想搞臭我们的名声。"

"我该怎么办呢?写个公开道歉信?把所有稿费退回去?"郭绣雪楚楚可怜地问。

"太晚了。"欧阳正德打开手机,登录了几个文学论坛一看,有许多眼红的作者正气势汹汹地声讨郭绣雪,还有各种流言蜚语,说她是靠出卖色相,和出版社编辑上床,才出了那本书。

"她现在是金三角的头牌,哼!那个欧阳都可以当他爸爸了,他俩还一起去韩国玩。"匿名者酸酸地说,还发了几张不知哪里来的偷拍照。

"郭绣雪就是文学妓女啊!"

"郭抄抄!滚出文学界!退出编剧圈!"

与此同时,也有很多人在视频网站留言,强烈要求把郭绣雪原著的电视剧下架,否则就不买视频会员。视频网站出于赚钱目的,才不理会这些无聊请求,只是简单发了个声明让制作公司去澄清抄袭传闻。

郭绣雪泪痕未干,欧阳正德接到了小晴打来的电话。

有一伙人莫名其妙地赶到公司门口,挂着写有"郭抄抄退出文坛""金三角影业助纣为虐"等内容的海报、旗帜,还当众焚烧郭绣雪的书籍,影响很不好。黄亚明和吴海也全都知道了。

"很明显,有水军,有组织,有人在诋毁我们,他们看不得你的好,看不得我们公司的欣欣向荣。"欧阳正德镇定地盘算着,心里已经有了应对方案。

欧阳正德喝了一口凉透了的咖啡,决定道:"我们解约吧!"

"解约?"如同晴天霹雳,郭绣雪白皙的手颤抖得无法拿住光滑的咖啡杯。

"这样对你,对公司都有好处。"欧阳正德耐心地说,"你放心,明面上我们解约了,但实际上我们还是保持长期战略合作关系,而且每月我照常给你发工资。等几年后,大家淡忘了这个事,你换一个笔名,一样可以在出版界和编剧界好好发展。我、公司、你的广大读者都会永远支持你的!"

"欧阳老师,我不想解约!我不想离开你们!我喜欢我们公司的作家朋友!我喜欢公司自由的文化!"郭绣雪梨花带雨地说。

"当断不断,必受其乱!"欧阳正德斩钉截铁地说,"你不一直想去国外学习吗?我代表公司,给你支付三年学费,你去学影视文学也好,学编剧、导演也好,给自己充充电,先避一避风头,其他事情,公司的律师会给你处理的。知错就改,善莫大焉!"

"那,那只有这样了。"郭绣雪想了一会,伤心地点头。

欧阳正德雷厉风行地站起来,准备离开。

郭绣雪冲到了门口,在众人讶异的目光中,她忍不住紧紧地抱住了欧阳正德:"对不起,是我连累了公司……对不起,欧阳老师,我辜负了你……"

"你没有对不起公司,你没有对不起任何人。说对不起的人应该是我。第一,我没有严格审核你的版权,避开风险。第二,我没有足够强大的力量帮你摆平这些中伤和诽谤。第三,我没有办法让你保持天真无瑕的笑容。相信我,绣雪,假以时日,你一定会成为一个更好的作家!不仅会是中国最好的言情作者,更会成为与J.K.罗琳一样,在世界文坛都有影响力的著名女作家!"

"我一定努力,前辈!"郭绣雪深深地鞠躬。

"加油！"欧阳正德轻轻地掰开了郭绣雪的手，像一个侠客一样义无反顾地消失在咖啡馆门外。

不知为何，本来晴朗无云的天空竟然飘起了细密绵绵的小雨，配合着咖啡馆的轻音乐，像极了一部伤感的文艺电影。

一个月后，本来就有欧盟签证的郭绣雪顺利去了英国，学习古典戏剧课程。她在泰晤士河边发来了和莎士比亚雕像合影的照片，背后是一群鸽子飞过巴洛克式的英式建筑。欧阳正德在晚上十二点加班时，才收到了照片，他抚摸着冰冷的手机屏幕，温暖地笑了。

金三角影业赔了一笔钱给视频平台，又免费赠送拍摄网剧的影视公司五本图书的影视改编权，作为和解的代价。欧阳正德还联络了许多文坛、作协、文联、媒体的朋友，私下约了几个涉案的原著作者，真诚沟通，一言不合就发红包，全部私了。

鉴于郭绣雪道歉诚恳，情节也并不恶劣，毕竟她的抄袭只是描绘性词句，而影视作品取的主要是故事情节，再加上欧阳正德的危机公关做得十分到位，不仅作者们选择收钱撤诉，而且金三角影业还成功地吸引了几名小有名气的编剧加盟。金三角影业也以郭绣雪的名义捐出一笔稿费给作协，作为对原创文学新人的奖励基金。

"我努力公司才对我好，我落魄公司依然保护我。"有个签约作家感恩地给欧阳正德留言。

而主流的文学评论家也纷纷发表言论，表示要对郭绣雪这样的新锐作者网开一面。"年轻人都有犯错的时候，不要老揪着小问题不放。"

郭绣雪也渐渐适应了海外求学的生活,只是在无数个孤独寂寞的夜里,她总是忍不住想起和欧阳正德并肩站在韩国海边看日出的画面,欧阳脱下自己的外套,温柔地拥抱着她的纤肩。

风在他们的眼角边流转,他们一句话都没有说,彼此心里却什么都懂。

欧阳正德这边好不容易把郭绣雪的抄袭风波给摆平了,黄亚明那边的演艺部门却又出了个烦心的大娄子。

先是黄亚明回国后没几天,在韩国赌钱欠下巨款,还惹上黑社会的事情,就不知怎么被宋智丽知道了。后来宋智丽自己说漏嘴,那天那个九个手指的老赌鬼,是她的一个远方亲戚。

两个人鸡同鸭讲,大吵了一顿。

"赌徒们都是心狠手辣啊!有个放高利贷的连自己爸爸都杀了!"宋智丽捧着大肚子大哭,"还有很多赌徒倾家荡产,妻散子离。你现在不是一个人在生活啊!你万一出事了,我和孩子怎么办?亚明啊亚明,你现在可是个有家庭的人了!"

黄亚明被说得脸都绿了,无地自容,在公司附近的酒店住了几天,手头又没什么零花钱,就接了几个商演出去走穴。

这天,在某穷乡僻壤的县城刚刚活蹦乱跳、精疲力竭地演唱了几首歌(当地观众太热情,一定要他多唱两首,不然别想走出这个山沟沟)。黄亚明一脸亏本地唱完,打车回到当地顶配的一家三星级酒店,实际上还不如快捷酒店,进门就是一股潮湿的腐烂味。

他忍着恶心不看浴室里顽强跳舞的小强和沙发下上次住客用过的安全套,整个人都累趴下了,裤子也不脱,往床上一躺,正准备立刻买第二天第一班火车票回北京。

打开手机,跳出一堆消息,证明他虽然过气了,但还是有一定的商业价值。黄亚明的微信里总有一群奇奇怪怪的人加他,什么演出经纪人、同行、歌迷等。也有黑粉吐槽他的旋律太烂,误人子弟,学校老师抱怨他过于暴力的歌词教坏了学生等。

有个叫"铜板"的人申请加好友,黄亚明手滑,点了通过。

铜板立刻发了一组照片过来。缓冲完毕,黄亚明捧着手机,看傻了眼!

全都是美女的裸照!身材火辣,容貌娇美,而且还很眼熟!黄亚明一看,这不是公司的签约女艺人、重点培养的丁当吗?

丁当还在学校读书,已经私下接拍了几部古装戏,包括在郭绣雪的那个网剧也客串了个小公主的角色,最近人气不错,处于上升期。她性格比较耿直,和公司许多员工都有小过结。她外形、唱歌都不错,但估计很难大红大紫,因为她不大擅长经营人际关系,也就是不会做人。

娱乐圈不是那么好混的,谁没有点黑史和仇家呢?

怎么回事?前男友泄愤?丢了手机?被黑客黑了?豁出去了自我炒作?

"这些照片哪里来的?"黄亚明问铜板。

"呵呵,老板,该还钱了!"铜板发了一个坏笑的表情说。

"啥意思?"

"借债还钱,天经地义!你的人半年前找我借钱,说好两个月还,一直到现在没还上。"铜板说,"我现在把她做的好事,从家人到同事朋友,一个一个地通知过去,让她明白,什么叫跑得了尼姑,跑不了庙!"

"咱们有事好商量。"黄亚明整理了一下思绪说,"当当欠你多少?"

"当当当当,叫的这么亲密,我还京东、亚马孙呢!"铜板恶狠狠地打了一串数字。

黄亚明认真地数了一下:"五万?"

"你眼睛被炮打了?"

"五十万?"黄亚明打字慢,"你说话客气点。"

"是五百万!"铜板威胁道,"再不还钱,让她比三里屯的优衣库还红!"

"靠!没这么变相宣传的。"黄亚明好言好语地说,"大家出来混口饭吃都不容易,你给我三天时间。"

"不!就一天。"铜板得寸进尺地说,"否则等着看网上直播吧!"

黄亚明马上打电话给吴海,吴海这个时候正在墨尔本,谈《汉江神兽》后期特效和澳洲发行的事情,听完后,他觉得事情很严重,买了一张全价机票,特地连夜从澳大利亚飞了回来。

第二天,金三角影业公司的高层在四楼连夜开会。丁当也被请到了公司,只见她穿着一身睡衣,无精打采,一脸素颜,两个大眼袋,像蔫了的茄子。她的脸颊还有严重的青肿,好像被谁打了一样。

"裸贷!"欧阳正德恨铁不成钢地说,"都说高利贷害死人,没想到我们的员工会这么傻,跳入火坑!哎!当当你先别哭,哭也解决不了问题……"

"你到底借了多少钱?"黄亚明问。

"就借了一百万。"丁当红着眼睛说,"那个时候,我妈生病……"

"少胡扯了!"吴海拍着桌子,直截了当地说,"你妈在你读高中的时候就死了。"

"您,您怎么知道?"

"签约的时候,我找人调查过你!"吴海说,"倒不是针对你,每个员工我们都做了一些背景功课,这也是对你们的关心和负责。"

"我,我错了……"丁当绝望地说,"海哥,明哥,欧阳老师,我就是一时糊涂,借了一百万,买了个新款 LV 包,还海外代购了最新款的苹果手机和一些化妆品、面膜,顺便去韩国做了个微整……我也是为了变得更美点,为了我的演艺事业,为了公司……"

"你真的为了公司好,就不会为难我们了。"欧阳正德说,"人首先要爱自己,才能爱别人。"

"别扯远了,"吴海打断问,"一百万,半年不到怎么变五百万了?"

"一百万,一天一万利息……"当当低头,低低地说。

"也不对啊。"欧阳正德计算着。

"第三月因为还不上,本金就变成两百万,每天两万利息……利滚利,驴打滚……"丁当搓着指甲鲜艳、缺乏劳作的嫩手,小声地哼着。

"你这是玩火自焚啊!"吴海愤慨地说,"如果没人救你,你就要去卖身了知道不?"

"丢到日本下海！再卖到东南亚的人肉黑市去！"黄亚明跺脚道。

"明哥，你不要这样说我……"当当求饶地瞥了他一眼，欲言又止的。

"大家不要吓唬她了，"欧阳正德好心地说，"现在想想怎么解决眼前的问题。"

"两条路，一条就是报警……"吴海果断地拿起手机说，"根据中国法律规定，最高利息不能高过银行四倍……"

"不行啊！"丁当抓着吴海的手机求情说，"这样他们一定会发照片给我家人的，我妈妈不在了，我爸爸还在啊，他都六十多岁了，我还有弟弟妹妹在读书，他们还会发照片给我的老师，我的同学，我就没脸再活下去了……"

"你真是自作孽不可活啊！"黄亚明叹气说，"那我们只能和你解约了。"

"明哥，明哥……"丁当顿时跪在黄亚明的脚下，可怜巴巴地说，"明哥，我错了！我现在只有公司了，公司不救我，我就完了！我就死定了！我这一辈子都白干了！我错了！我真的错了！我会红的！公司帮帮我，等我以后红了，我发誓给你做牛做马……"她流着鼻涕，一会儿拽黄亚明的脚，一会儿捧着吴海的膝盖，一会给欧阳正德磕头。

"起来吧！你是公司的人，公司会帮你的。"欧阳正德心软地扶她起来说，"从我的年薪里拿一百万帮你还债。"

"我也拿一百万给你。"黄亚明义气地说，"就当我在韩国输钱了。"

"哎！公司提前付你五年年薪，拿去还债吧。"吴海一拍大腿说，"下不为例！永绝后患！"

"谢谢哥，谢谢老师，谢谢公司！谢谢！谢谢！"当当人不像人、鬼不像鬼的，手足无措地磕头道谢。

第二天，黄亚明去银行取了钱，五百万现金足足装了两个皮箱，又带了大熊、司机等人当保镖，带着浓妆艳抹的丁当到了通惠河边的一家高级温泉会馆。

会所在一个文化产业园内，古色古香，亭台楼阁。在门口的亭子被几个五大三粗的保镖搜身后，黄亚明等人到了顶楼会所。

铜板是一个长着龅牙的中年男子，面黄肌瘦的，一看就是瘾君子，手上有一个貔貅的肥胖文身，脖子上挂着一条又粗又长的黄金项链。

像挂了一坨屎。黄亚明心里暗暗骂道。

黄亚明把沉甸甸的皮箱丢在茶桌上，震得茶杯都倒了，旁边的打手看得眼睛都直了。黄亚明从箱子里掏出了钱，一沓一沓地码在铜板面前。

铜板乜斜眼看着，跷着二郎腿，不乐意地问："明哥，怎么少了三百万啊？"

"这不是五百万吗？"黄亚明说，"银行取出来，还热乎着。"

"可是她欠我们八百万啊！"铜板摇着脑袋说。

"怎么回事？板爷，我就是借你一百万！"丁当辩解说。

"啪！"铜板伸手给了丁当一巴掌，大熊想拦都拦不住。

"丁当！你连本带利要还五百万没错，但是这些照片你不想要

196

回去了？五六十张，一张十万，打个半折三百万，不算多吧？"

"你真是得寸进尺了！"黄亚明说。

"一千万！"铜板坐地起价。

"怎么回事？"

"嘿嘿，我突然发现这里头有张极品，一张就能卖两百万。"铜板龇着龅牙，摩擦着手机屏幕说。

他把一台油腻肮脏，满是指纹的手机递到黄亚明的面前，黄亚明定睛一看，脸都绿了。

照片里是一对青年男女在酒店完事后的自拍，全都是赤身裸体，面色潮红。那女的是一脸妩媚的丁当，而男的居然是桀骜不驯、放荡不羁的黄亚明！

"怎么回事？"黄亚明捏不住手机，掉到地上，屏幕裂了。他顿时感觉天旋地转，这是什么时候的事情？他居然完全没有印象！有那么恍惚的一分钟，却比一个世纪还要漫长。

"啧啧，弄坏屏幕了，要赔我一个新的哦。"铜板无耻地舔着舌头说。

"老子认栽！"黄亚明咬着牙齿说，"我还！再给我一天！"

"二十小时。"铜板简直不是人。

"走！"黄亚明拉着丁当的手，走出了温泉会馆，大熊颤巍巍地跟在后头，好奇地问："明哥，那照片是什么啊？"

"关你屁事啊！"黄亚明没好气，臭骂了大熊一顿，"人模熊样的，关键时刻，一点气场都没有。"

电梯里黄亚明看着反光的墙壁，觉得自己的脸都气得变形了。

"明哥，只要你一声令下，我马上回去开了他的瓢！"大熊吹牛。

"去去去！给我买瓶酒去！"出了门，一阵冷风吹得他头痛欲裂。

大熊屁颠屁颠地去了。

黄亚明把司机从车里拉了出来，气呼呼地说："一会和狗熊坐地铁回去！"

他把丁当推进车里，一踩油门，轰然开到一处偏僻的小树林，野蛮地将她从车里拉了出来。

"明哥，你要干吗，不，不会杀人灭口吧？"丁当害怕地问，躲到一棵大树后面。

"去你的！"黄亚明质问道，"我什么时候和你上过床？"

"在，在广西演出的时候。"丁当怯怯地说，"是七月份的西瓜音乐节，那次你带我一起走穴，你的出场费是八万，我的出场费是一万，但是事后你分了四万给我。明哥，你是个好人……"

"我，我和你怎么会……"黄亚明结结巴巴说不出话来。

"那天唱完，你遇见老崔了，你们好多年没见，你一晚上喝了三瓶白酒喝高了，回来的时候你进错房间了……"

"你睡觉不锁门？"

"我俩房间挨着，你在我房间门口吐，我看到是你……"丁当说，"我一开门，你就扑过来……第二天早上我赶飞机先走了，如果我不说，你也许都忘了这回事……"

"哎！我还真的忘了！喝酒真误事！"黄亚明重重地拍了一下自己的脑袋，"最近你先不要露面，回乡下、出国、整容都可以，你闯了这么大祸，等我给你擦屁股吧！"黄亚明一把推开了丁当，"走！让老子冷静冷静。"

"对不起,明哥,其实我一直很崇拜你的。"丁当不舍地跑过来,想要搂住黄亚明。

"滚滚滚!有多远滚多远!"黄亚明不耐烦地骂,"真邪了门,老是烂桃花!"

"明哥,我错了……"丁当哭成了一个泪人,她好后悔找铜板借钱,但在西瓜音乐节那一夜的金风玉露、温柔缱绻,她却永远不会后悔……

黄亚明在路边摊心事重重地喝了几瓶啤酒,醉醺醺地回到公司附近的酒店,发现吴海和欧阳正德也开了房间等他。

"事情搞定没?"欧阳正德问。

"没有。真是对不住兄弟啊。"黄亚明整个人瘫软在沙发上,崩溃得要哭了出来。

"怎么了?"

"裸照里有我。"黄亚明扇了自己一巴掌。

"你什么时候改行了?"吴海不懂。

"我居然和丁当上过床!"黄亚明哭丧着脸说,"她居然事后拍了照留念……"

"去你丫的!"吴海怒不可遏,啪地给了黄亚明一巴掌。

"你打我吧! 打死我好了!"黄亚明失去了斗志,一下子跪了下来,"我对不起公司,对不起你们,对不起智丽和她肚子里的孩子……"

"到底什么情况?"欧阳正德忍着怒气问。

黄亚明一脸死灰,大着舌头把事情大概讲了一遍。

"你就是风流成性！喝酒误事！这个事情太严重了！"吴海判断说，"如果只是丁当出事，这个艺人我不要了都可以。但是亚明是我们的兄弟，我们三个人一条心，金三角影业不能没有你！"

"我们报警？"欧阳正德说。

"不行不行……"黄亚明拒绝。

"那就只有找江湖人士讲和了。"吴海说。

"找谁好？"欧阳正德问。

"把我惹急了，我让他铜板变成棺材板！"吴海拍了一下桌子说。

"有个人估计可以帮忙。"欧阳正德想了起来。

"谁？"

"三太子。"

吴海马上打了电话给三太子，三太子说我现在在陪领导洗脚呢，你等等。

足足等了一个小时，三太子才回了电话过来，他打来的电话总是没有来电显示，搞得像个间谍一样神神秘秘。

吴海说了旗下有个女艺人搞裸贷，被高利贷公司勒索换钱的事，避重就轻地忽略了黄亚明裸照的事。

"报警啊！"三太子故意调侃地说，"现在是法治社会啊，你们这些戏子，怎么老是封建思想，天天打打杀杀的。"

"这些私事真上不了台面，我们低调点解决好了。"吴海忍气吞声地求。

"不就是欠债吗？你要还钱，天经地义，找我干吗？"三太子鬼鬼地问，"那裸贷的女艺人不会是你马子吧?"

"不不,不过谁要是动我的人,我吴海就可以和他拼命! 谁要是帮过我,我也会铭记在心!"吴海准备挂电话,"既然不方便,就不打扰太子了。"

"嗨,和你开个玩笑,我们这么熟,都是兄弟,你的事就是我的事。我帮你打听打听吧。"三太子耍够了吴海,开始想办法。

"太子爷,"吴海强调说,"江湖上的事,按规矩走。但是希望收尾干净点,以后别再来公司找麻烦。这次您帮了我们大忙了! "

"一千万是吧?"三太子举重若轻地说,"你给我八百万就行。我去搞定。"

"已经给了五百万。"黄亚明插嘴。

"我不管你给了多少,反正给我八百万就行。"三太子蛮不讲理地说。

"这个……"吴海犹豫了。

"没钱? 没关系,你不是在拍什么《汉江神兽》,让哥入点股就行。"

"现在这个盘按照三亿走的。"吴海发现自己掉进了三太子的圈套了。

"我不管!"三太子蛮横地说,"彼此打个折,算五个点,可以吧?"

"行!"吴海吞下了耻辱的牙齿说。

因为裸贷风波,吴海失去了《汉江神兽》百分之五的原始股权。古话说,塞翁失马,焉知非福。后面发生的一连串事情更让吴、黄、欧阳三人无法预料,十分离奇。

没过两天,就有一个快递员给黄亚明送来了铜板的手机,屏幕还是裂的,缝里还带着大麻味。黄亚明一口气删除了所有照片和视频,格式化后丢到了阴沟里。

"他不会有备份吧?"欧阳正德担心地问。

"他敢?"吴海咬着牙发誓,"道上规矩,如果铜板两面三刀,我肯定让他死无葬身之地!"

"有个事我忘了告诉你们。"欧阳正德说。

"什么?"黄亚明问。

"我找人查了铜板开的那家桑拿会馆,他们不仅经营情色交易,还放高利贷,据说他们的幕后老板,"欧阳正德面无表情地说,"就是三太子。"

"干!"

吴海考虑许久,最后还是给了一笔遣散费,和丁当解约了。

"快刀斩乱麻。"吴海对黄亚明说,"你快当爹的人了,也该收收心了。"

"斩草除根呢!"黄亚明莫名觉得命根有点疼。

宋智丽的肚子越来越大,黄亚明似乎是为了赎罪,连日在公司加班。两人见面,还是三天一小吵,五天一大吵,小晴开玩笑说,小心以后孩子开口说话,第一句话就飙脏话。

黄亚明为了电影的事,经常晚上出去陪资方喝酒。可能吃多了海鲜,过敏,感觉下身有点痒,也没空去医院看。

有的资方附庸风雅,吴海就让欧阳正德安排一些画家、书法家来喝茶作陪；也有的爱结交官员，吴海就安排周书记或黑龙王做局，专门去一些外人禁入的高级场所、花园王府、寺庙道观等，满足不同阶层的口味需求。

有的资方好色，公司舍不得用自家艺人，就带到一些类似"天上人间"的场所。真是不堪入目，群魔乱舞。弗洛伊德说得对：性是原动力。这种场合一般是吴海打头阵，欧阳正德提前退场，黄亚明全场奉陪，倒难为他了。

到了年尾，吴海忙得三头六臂，不停地和金主见面，真恨不得一个人掰成十八瓣用。

下半年，金三角影业也融了几笔小钱进来，但是公司花销实在太大，演员走穴等小收入都是杯水车薪，无济于事。公司账户上的数字越来越少，可是许多资方签好的付款合同，却以各种诸如"年尾关账不打钱""老板丈母娘患癌症，投资暂缓""董秘离婚引发股份纠纷"等奇葩理由拖拉不给，影响电影拍摄进度。

冬天渐渐到了，一开始千里风沙雾霾，后来漫天冰雪纷飞，万丈大地霜冻。

13　看他起高楼

　　元旦到了,又是新的一年。金三角影业公司打肿脸充胖子,举办了隆重的新年年会。

　　公司不仅请到家喻户晓的美国动作巨星阿诺·史丹利,还来了一百多家国内外大小媒体,新闻搞得铺天盖地。如日中天的"当红炸子鸡"张不凡也来了,史丹利还夸他功夫好,一定会成为第二个成龙。两人还在媒体朋友前切磋了一下拳击,结果老当益壮的史丹利一拳就打青了张不凡的眼眶,害得他戴了三个月的墨镜。

　　黄亚明请来了韩国女明星金贤惠,在公司亮相的时候还故意设计她摔了一跤,上了新闻头条。黄亚明还别出心裁地请来了几个日本当红女星助阵,引来了一群网友拥挤地趴在公司玻璃门外流着口水,后来连大门都搞塌了,还好用了防碎玻璃,没有出事。

　　但大家都看不到的是,马导演、侯摄影师、张美术、李道具等电影主创、大小头目聚集在四楼会议厅朝吴海要债:"吴总,按照合同,该付下一阶段的钱了。"

　　"再缓一缓……"

　　"大约在年前……"

　　黄亚明帮腔喊:"你们到底还想不想合作了?我们可是几个亿的国际大片!名留青史就靠这部电影!不谈钱会死吗?就当为中国电影做点牺牲行不……"

"很快很快了，那点零头，根本不算钱，我们怎么会不给？放心，放心，放一百个心……"吴海腾挪闪躲，或者干脆闭门不见，走为上计。

欧阳正德特地带吴海去了一趟门头沟的龙泉寺散心，吴海虽然是个基督徒，但看着"四大皆空""回头是岸"的斗大匾额，他只觉得"一切都是虚空的虚空"。

在风风火火、热热闹闹的年会后，开机的事宜开始倒计时。

第一个出事的是王倩雯。她的台湾老公在大陆投资了许多家连锁面包屋，一开始生意很好，还说在《汉江神兽》里植入广告，加一个怪兽冲进面包店，吃了面包后滑稽跳舞的镜头。谁知道新年第一天，媒体就爆出他们的面包屋使用地沟油。

网友们都惊呆了，许多天天吃面包的粉丝当场呕吐，"玻璃心"都碎了，甚至要集体诉讼面包屋欺诈、无良经营。

王倩雯的老公暴打了她一顿发泄后，就独自逃到国外度假避风头了。王倩雯一身素白，叫了几十家媒体开新闻发布会，哭哭啼啼地给大家鞠躬道歉，表示要赔偿所有吃过地沟油的粉丝，"买一送三吃到撑"，并无限期地退出影视圈。

"真是城门失火，殃及池鱼。"欧阳正德无奈地说："我们付她的定金，看来打水漂了。"

经纪人美玲姐从台湾打来电话哭着说："你们一定要用王倩雯啊，她现在是新闻焦点，过一段再为电影复出，肯定能增加曝光度的。我让她自降片酬，一切好商量……"

"她就是零片酬上我们的电影，我们也不敢用啊。"黄亚明说，

"王倩雯人气跌到谷底,等下成了票房毒药,这可不是洗胃可以解决的。"

第二个紧随其后的是这部电影的扛把子,美国的阿诺·史丹利爵士(对,他刚去英国白金汉宫接受了女王授勋)。因为去年在比弗利山庄签约时过于乐观,吴海把开机定在元旦,现在已经超期,史丹利的律师团提出了严重警告,并威胁如果不准时付清尾款,将写信给大使馆,变成国际纠纷。金三角影业为此不得不咬着牙,多支付了上千万的超期费。这个拖档期的事,吴海都不敢告诉雪梨,只能花钱了事。

第三个重击来自电影剧组,因为吴海过于精益求精,吹毛求疵,要求所有美术道具、前期设定都按照好莱坞的一线标准来操作,又缺乏统筹经验,导致不停地返工修改,于是难以避免地超支了!

国外同行很多都是工会成员,合同是绝不讲情面的,返工就要加倍算钱,如果不给,不仅立刻终止合同,前功尽弃,还可能吃诉讼。这就是邀请国际团队拍电影的一大风险。吴海真是焦头烂额,疲于应付,一夜之间白了头。

祸起萧墙,金三角影业的内部也出现了大裂缝,不仅每个月要支付签约编剧、歌手、演员的薪水,报销一些基本的化妆、服装、宣传等费用,就连行政消耗也很大,有时一个月的交通费和餐费就逼近一百万,有些应酬埋单的钱更是花得莫名其妙,简直无从做账,搞得内部还有不和的声音,彼此怀疑贪污挪用等。

千里之堤,溃于蚁穴。山雨欲来风满楼,金三角影业公司无可避免地出现了严重的经济危机。

兵无粮草不行，再加上一群优柔寡断的投资人你看看我，我看看你，互相推卸责任，隔岸观火，导致粮草不济，中道崩殂。

朱茂盛的文化基金第一个撤了，理由是电影的进展报告没通过基金董事的终审。但可靠消息是，该基金投了中东油田，因为油价下跌而损失严重。也有说朱茂盛下重注跟投了一部功夫片，因为大规模恶意制造假票房，而被广电总局通报批评，提前下映而导致巨额损失。

房地产的娄总先后带走了三个女艺人，可能是玩腻了，再加上近期房市非常好，他数钱数到手抽筋，也对电影不大关心了，毕竟他关心的其实是"房"事。

周书记曾经频繁地介绍一些国企巨头前来考察，近期也打了退堂鼓。听说周书记也涉及某上市公司的内幕交易，遭到了上级审查，也好久没露脸了。开业那天来的许多嘉宾也都风声鹤唳，隐姓埋名。

上海的高总好久没米北京，听说他和丰台的小蜜和平分手，回松江老家抱孙子去了，说"这个花花世界，就让你们年轻人继续折腾吧"！

杰克和三太子倒依然游手好闲，不时打打电话，撩撩情报，都是黄鼠狼给鸡拜年，吴海也是疲于应付。

连最看好吴海的黑龙王也私下给他算了几次卦，纳闷怎么大势已去，逆水行舟，全都是下下凶卦。

大风起于青萍之末。有时候吴海也不明白自己到底哪里犯了错，但事实证明就是错了，错得一塌糊涂，错得一败涂地。

吴海心酸地看着账上的钱,满打满算,东挪西凑,加上各种应收账款,只有一千万不到,再想想后面剧组绵绵不绝、应接不暇的应付费用,真是杯水车薪。

"都怪我那档子破事,害公司花钱了……"黄亚明抱歉地说。

"郭同学的错,我也有责任。"欧阳正德反省道。

"没事,不就是钱嘛,会有的,会有的。"吴海不停地给大家打鸡血。

"不能再找杰克那样的高风险投资了。"欧阳正德提醒说,"他的人每周都来公司催利息,还放话万一我们开不了机,他要把全部艺人卖到非洲去挖血钻……"

那阴魂不散的压迫感又逼近了吴海,他时常晚上失眠,一睡着就做噩梦,梦见自己被关在一艘透不过气的走私船里,漂流在浩浩荡荡的太平洋,无处可依,无处可逃……

那种黑暗、恐惧的窒息,那种孤独寂寥的绝望,那种生无可恋、葬身无处的痛苦,让他像一个被宿命之绳紧紧裹死的蚕茧。

人生的苦海里,他被一丝一毫地榨干生命,褪去灵魂……

大雪纷飞,金三角影业也终于放假了,吴海叫财务把公司所有的现金取出来,给每个员工发了过年的费用,营造出公司还欣欣向荣的场面。财务一百〇八个不愿意,甚至以辞职相逼,但还是拗不过吴海的一意孤行。

员工们欢天喜地地拿了钱,都陆续回老家了。有几个员工默默地提交了辞职信,理由写得五花八门:"吴总,我不想明年再吃雾霾了……""吴总,我要回老家种地瓜去……""吴总,欠我的奖金,就当作众筹电影吧,别忘了字幕给我加大字号哦"……

就在过年前几天,吴海还带黄亚明、欧阳正德去了一趟天堂人间。那天是为了招待几个东北来的、做大宗建材生意的大老板。

天堂人间是一家开在写字楼里的私密性极强的高端会所,坐落在海淀区一处人文氛围浓厚的大学附近,吴海等人开车抵达的时候,还看到大厦里许多白领忙碌地鱼贯走出,许多人脸上还带着大学生稚气未脱的样子。

他们没想到的是,大厦顶楼暗藏着一个极香艳的情色俱乐部。

夜黑了,大楼亮起了霓虹灯,人心深处的欲望也翻涌起来。

乘坐电梯,如同进入怪兽的五脏六腑。到达顶层,一般人都以为是封闭的,在一扇仓库一样的大铁门前输入密码,欲望之门开启,穿过一条猩红地毯,两壁都是珠光宝气的装饰,曲径通幽,进入一个宫殿般的王国,入口处两旁站满上百个艳丽女子,或一身轻纱,或衣不遮体,或搔首弄姿……

一个穿着貂皮的东北老板说:"这个地方贼爽了! 我曾经包场,让所有女的脱光光,随我怎么高兴怎么玩!"

"说说,说说……"暴发户们聊着一些不堪入目、不堪入耳的隐秘话题。

吴海带头,点了二十多个公主坐台,每个老板都左拥右抱,声色犬马。

"各位帅哥,玩得开心,只要你放得开,今晚就带你们上天堂!"一个浓妆艳抹、胸口开衩到肚脐眼、绿色上装、红色短裙的妈咪摇着一把日式扇子,浮夸地说。

包厢里淫浪欢谑,不堪入目,舞女们还互相摩擦,发出呻吟,模仿各种下流无耻的动作,连黄亚明都连喊吃不消了,还被舞女们脱光了裤子,屁股上烙下了一排鲜艳夺目的唇印。

欧阳正德实在待不下去了,他推开了门,悄悄离开。

"大哥,你去哪里呀?"妈咪热情地迎了上来,像橡皮糖一样黏住了他,"不满意的话,再给你换几个妞?"

欧阳正德下意识地反手一兜,一个擒拿手,通常对方就要跪倒求饶,谁知道妈咪也灵活地横向一转巴掌(被人握手时钳住手掌,要转动手心才更容易逃脱),竟泥鳅一样地抽出了手。

两人都被彼此的身手吓了一跳,对了一眼,欧阳正德觉得眼熟,觑了半天,才哆嗦着问:"是,是你?"

"欧,欧阳?"

"小竹?"

没想到当年的初恋情人,纯情如天使的小竹,居然成了京城最骚包最狂野最放荡的夜店妈咪!

上帝啊,你是怎么写剧本的?

欧阳正德觉得自己的脚步都飘起来了,他扶住门框问:"你,你怎么在这里?"

"你又怎么在这里?"

他们走到了空荡荡的天台,京城逼近年关的夜尤其寒冷,那种离乡背井的孤独凛冽地渗透到骨髓里。

小竹,不,现在大家都叫她竹叶青,那是一种香醇的美酒,也是一种剧毒的蛇。

"咔嚓!"她用打火机娴熟地点了一支欧阳正德根本就没见过的外国烟。

"快二十年了吧!"竹叶青感慨,"那时候你爸要杀了我爸。后来我爸瘫痪了,你爸坐牢了,又出来了,我爸却一直没有离开那张病床。"

"伯父还在吗?"

"还在。"竹叶青幽幽地说,"生不如死,屎尿都不能自理。你爸就好了,成了煤矿主,还有你这么有出息的儿子。"

"百无一用是书生。"欧阳正德心疼地问,"你怎么沦落成这样了?"

"沦落?"竹叶青咯咯地笑了起来,"越堕落越天使。"

"那是一部香港电影,我陪你看过的。"欧阳正德回忆说,"我依然没有忘记,我爸伤害你爸的那个晚上,我们有一个约会,我们要去看《泰坦尼克号》。"

"呵呵,难得你还记得。"竹叶青忍不住流泪了,把浓妆都哭成了一道道青春的伤痕,"你以为人人生来都想当婊子吗?当时我爸成了植物人,医药费如流水,还有很多债主找上门来,我除了卖肉,还能用什么来拯救我的父亲?还有一件事我要澄清的是,当年我父亲并没有强奸那个老矿工的女儿,是那个老矿工赌钱欠了一屁股债,就叫他女儿来勾引我父亲,却被我父亲轰出了门。这是我亲眼在门后看到的,但是人们总是相信谣言胜过真相⋯⋯"

"哎⋯⋯"欧阳正德也忍不住哭了,在这千里之外的异乡,遇到了从前的她,而她,却已经变成了另外一个人。

"我真的宁可不要遇见你,不想让你看到我现在的样子。"竹叶青丢掉烟头,望着远方天空偶尔绽放,却肯定不是为她盛开的烟花说,"多希望我在你的记忆里,永远是那个单纯简单的少女。有时候,我一个人在天台抽烟,真的想纵身一跃,一了百了……"

"对不起,对不起,真的……"欧阳正德不禁拥抱住了竹叶青,柔声说,"跟我一起回四川吧,我们一起回家。"

"不了,阿德,我们再也回不去了……"竹叶青无比伤感地说,"放心,钱我已经赚够了,明年我就离开这里。我不想再看到你,真的,如果你的电影拍出来了,我一定会去电影院包场,一个人默默地看,看完一场我们在二十年前就应该一起看的电影。"

她没有说再见,一个人慢慢地走下了台阶,被无比浓郁的黑暗给吞噬了。

望着她渐远的背影,欧阳正德觉得心头一阵抽搐,心绞痛起来,他多么希望在那个初夏的夜晚,月光如水,他可以拉着小竹的手,一起甜蜜地从电影院走出来。

那是他设计过的最浪漫的青春的恋爱,但是他真的再也无法完成了。

欧阳正德莫名地怀念家乡,他立刻打开手机,买了第二天一早回去的机票。

那个晚上,吴海成功地从东北老板身上忽悠到了五百万。那晚光是小费就花了三十万,不过小姐们都很尊重电影人,又全部捐给了剧组。吴海答应有一场美女云集的好戏,一定请小姐们去当群演。但是黄亚明说,那个妈咪很奇怪,让她留个电话号码和微信都不给,让她跳个脱衣舞也死都不干,"真是当了婊子又立牌坊啊"!

吴海无比凶残地白了黄亚明一眼,让他如坠冰窟,赶紧闭了嘴。

欧阳正德回到了重庆,一下飞机,出了大厅,就看到刘彩艳拿着牌子,站在汹涌的人群中。她越来越胖了,但是五官精致,有一种骄傲显眼的富态。旁边的小伙子都识趣地让开了半步,让她有点像宫廷戏里众星拱月的贵妃。

"你怎么来了?"欧阳正德问。

"我的手机连着你的支付宝,收到了机票信息。我们是亲情账户,你忘了?"刘彩艳帮忙拎起了欧阳正德散发酒味烟味的外套,"怎么这么晚才回来? 今年有赚到钱吗? 都说拍电影烧钱呢!"

"没得。"欧阳正德摸了摸胸口,刚好有一条郭绣雪在韩国给他买的水晶项链,"送给你。"

"哇,好漂亮!"刘彩艳像小女生一样戴上了水晶项链,兴高采烈地说,"有钱没钱,回家过年。其实你回来,家里就热闹了,我爸妈也老惦记着你呢! 说了你也不信,我和闺密今年去了两趟北京,但是你说不能去打扰你,我们就自己玩自己的,那个长城爬得我真是累死了,那个故宫好大哦,晚上不闹鬼? 有一次我们还路过你的公司,就在那个金融街,附近很热闹啊……"

"我们早就搬走了……"

刘彩艳开一辆奥迪 A8,载着欧阳正德,像个话痨一样地说着话,好像要把一整年欠下的话都连本带利地说完。

欧阳正德望着日新月异,又好像没有变化的山城,恍惚又想起了二十年前的那场约定,他意外地邀请道:"彩艳,我们去看一场电

213

影吧!"

"啥子哟?"

"我们去看《泰坦尼克号》,今年新上映的3D版……"

"哦,可是爸妈都做好了饭等你啊。"刘彩艳受宠若惊地说,"那好吧,我们这就去电影院。你等我打个电话,让爸妈先吃……"

好久没回家了,他害怕那些纠缠不清的往事,害怕陷入更深的记忆泥沼,其实他知道自己只是在逃避不如己意的现实。

他紧紧地拥抱了妻子。

黄亚明和宋智丽最近没有吵架,和睦相处。

因为宋智丽买房了。有个同小区的韩国人在中国开餐厅,投资失败,就挂出了房子卖。宋智丽从中介那里得知后,立刻动用老乡攻势,以市场价的九折买下了房子。所有的钱都是她一个人出的。

黄亚明觉得特别不好意思:"我,我今年实在没有钱,等公司电影上映了……"

"算了,我们都要结婚了,我买房子也不是为了自己,而是为了孩子。"宋智丽说,"房子虽然不大,但毕竟是我们的家。"

"你真厉害,这些年靠跳舞能攒这么多钱。"黄亚明佩服地说。

"也要谢谢你。"宋智丽说,"你送了我很多金项链、首饰、限量版包包,我买房前一口气全卖了,再加上我爸妈给的嫁妆才凑够了首付……"

"放心,银行的贷款我帮你还。"黄亚明温柔地抚摸着宋智丽拱起来的肚子,望着窗外一片喜庆热闹的烟花,心里默默感慨:明天

214

又是个大雾霾天了。

正月里,黄亚明和宋智丽不停地跑建材市场,装修新房子,买家电,享受着平凡而温暖的家庭幸福。

黄亚明突然发现自己变了,以前觉得自己是一只没有脚的鸟,永远停不下来地飞,现在才发现自己是一只没有脚的鱼,多么希望在家庭的暖流里一天到晚不停地游泳,而不要上那争名夺利、尔虞我诈的红尘涯岸。

新年新气象,吴海却度过了一个酷寒的春节,每天他睁开眼第一件事,就是查看手机上的公司账户,看着数字噌噌噌地掉下来,他心里的温度也越来越冷。好不容易度过了万家团圆的春节,他又得到了一个噩耗。

致命的限韩令来了!韩国演员在中国曾经无比吃香,就算是三四线的演员,来中国走一圈,也镀金成仙。很多在韩国本土名不见经传的小演员,上过几次电视后也是身价暴涨。但是现在广电总局已经明令,要减少韩国演员的曝光率,大力扶植本土演员和国产影视剧。

消息公布后,吴海的第一反应就是给金贤惠的两千万人民币又打了水漂!怪不得前段时间,金贤惠的经纪人不停催款,肯定已经提前得到了风声。

元宵节那天,高总、朱总、娄总、张总、王总等都来公司开了一次集体会议,商量有关演员的事。大家各抒己见,各执一词,有的人坚持不用金贤惠当女主角了,认为换一个日本女星或者其他亚洲女星就可以了。也有的人说王倩雯不是可以用吗?观众很健忘,最近都没人提面包地沟油的事了。也有的人提议用欧美演员,什么安吉丽娜·朱莉、妮可·基德曼、米拉·乔沃维奇都不错。吴海坦诚地说钱不够，否则请伊丽莎白女王都可以。有个脑洞大的东北老板建议用朝鲜演员，估计朝鲜餐厅去多了，想法也与众不同。大家倒是面面相觑，似乎觉得这个险招不无道理，值得一试。

《汉江神兽》的各大资方股东在闹哄哄的开会中吃了一碗甜腻腻的汤圆，现场气氛尴尬，士气不足。

吴海和黄亚明、欧阳正德紧急商量了一下，最后综合大家的意见，决定撤掉金贤惠的女主角，王倩雯当备用女主，但给金贤惠留了支线的戏，以便上映的时候，如果限韩令放宽，还可以继续炒作一把。

"两千万是人民币，可不是韩币啊。"高总咬了一口喷汁的汤圆说，"吴海！这个电影我是从头就参与的，可不能黄了！"

"除非我死在片场，否则一定要完成这部电影！"吴海以死明志。

众人虽然对他的工作进度颇有怨言，不过看在他鞠躬尽瘁的分上，也不忍心说什么了。

但是明眼人都看得出来，再拖下去，这《汉江神兽》怕是出师未捷身先死，要死在沙滩上了。

演员一折腾，电影剧本又要改动，欧阳正德和从南方度假归来的陈美商量后，给金贤惠安排了一个宠物医生的戏份，让一个宠物医生去治疗汉江神兽被人类军队攻击的伤口，安排一段怪兽爱上女医生的跨种族恋爱，想想也是挺荒诞的喜剧画面。

每天晚上，吴海一想到公司的财务问题，就压力山大，辗转难眠。

和剧组工作人员签约的合同,一天一天过去,但是开机的资金却总是不到位,很多记者打电话来问《汉江神兽》的开机时间,一开始黄亚明还忽悠说一切保密,静等官方消息,到后来记者都懒得来问了,吴海现在自己都有点后悔这个盘搞得太大,没法收摊。

自从丁当走后,有十几个艺人也解约了。他们早得到了风声,公司的财务有很大问题。人往高处走,这些新演员年纪不大,却都是老油条,看到苗头不对,就准备另找东家。黄亚明明白,很多留着的艺人都是半红不紫、连跳槽都没人要的,只能坐着干等,期望公司咸鱼翻身。

作家那边,自从郭绣雪离开后,也是风言风语,一片军心散乱。但好歹欧阳正德的威望比较高,作家们都愿意同甘共苦,坐等电影开机。

作家多是单纯的人,并非他们不懂得使用阴谋诡计,更并非他们看不透人心险恶,而是他们希望黑暗存在于虚构,光明存在于现实。

但人是要吃饭的,也有三五个编剧以各种冠冕堂皇的理由离开了。欧阳正德好话说尽,只能恭送。

公司司机也从五个变成一个,两个厨师都开掉了,现在是员工们每天轮流做饭,连做卫生的阿姨也辞退了。财务偷偷写了一份力不从心、言不由衷的辞职信,在一个月黑风高的晚上溜之大吉。

"天要下雨,娘要嫁人。"欧阳正德感慨地说,"大浪淘沙,剩下的才是金子。"

"我觉得只剩下筲箕。"黄亚明顶嘴说。

本来说好年前开机,大家一起在剧组过除夕,想想都振奋人心,黄亚明本来还计划除夕夜向宋智丽求婚,现在拖到春节都过去,各种换人、走人、讨债风波。各路投资大佬无功而返,眼看时间一月一月过去,三月中旬的时候,吴海查了一下公司账户,只有三百万不到,根本没法开拍电影了。

韩国仁川的布景现场已经完全停工,部分韩国工人没要到工钱,甚至打电话给驻华使馆。春节期间,海风还吹走了不少布景,损失惨重。美国影星凯文·科斯特纳曾经拍过一部科幻大片《未来水世界》,就因为水上布景被巨浪摧毁而损失数亿美元。

吴海还从周书记那里得到一个火上浇油、伤口加盐的重磅消息,就是美军要在韩国部署萨德导弹,如果成真,中韩关系将会跌入空前的冰窟,即便这部电影在韩国拍摄完毕,上映也遥遥无期,结局就是个"死"字!

怎么办?怎么办?吴海现在是骑虎难下,左右为难,进退维谷。

没钱,没钱,没钱了!一个个催款电话打过来,一个个追债微信发过来,一封封邮件,一张张合同……不是身在其中的人根本无法想象那种如坐针毡、身在火场、鲜血流干、五脏俱焚的超级恐怖感。

吴海、黄亚明、欧阳正德还是想尽办法,齐心协力地努力支撑着,这里那里借一点小钱,挖洞补窟窿,按下葫芦浮起瓢。很明显,现在这点钱,离几个亿的开机太遥远了。员工情绪焦躁不安,沸沸扬扬。

他们一开始真想得太理想化了,电影圈的水太深了,善游者溺,何况他们就是刚会白掌拨清波的三只小鸭。电影圈是一个恐怖的资本海洋,许多深藏不露的大鲨鱼隐隐潜伏,吞吃摇头摆尾、不知深浅的小鱼小虾。

又过了漫长的一周,举一个形象的比喻,金三角影业穷得只剩下一条皱巴巴的内裤了。同行竞争的影业公司、发行单位、投资机构,外围跟风的、投机倒把的、拔茅连茹的、沾亲带故的、有关无关的看客们,都冷眼旁观,避之不及。且看他起高楼,又看他宴宾客,看他楼塌了!

"要不然马上换题材,拍一个小片?"欧阳正德力挽狂澜地建议。

"不! 我们已经投入这么巨大的精力,拥有这么多资源了! 大故事、大明星、大预算……关键时刻,绝对不能掉链子! 绝对不能半途而废!"吴海激动地说,"有多少导演都是砸锅卖铁拍电影的! 我们是在拍一部名留史册的电影! 我们挖了这么深的井,就差一铲子了,下面就是源源不绝的水源!"

"万一我们挖的本来就是个坑呢?"黄亚明说,"不就越挖越深,深陷其中?"

"你是在说我领导不力,把你们带到坑里?"吴海抓住黄亚明的脖子,大声骂道,"你他妈在质疑我! 你还是我的兄弟吗? 你的良心被狗吃了!"

"人在做,天在看!"黄亚明举起手发誓说,"我连房子都卖了,你现在还要我怎么办,卖肾吗? 今晚我就去牛仔俱乐部!"

两人几乎打了起来,不,他们已经打了起来,在公司天台的地板上摔倒在一起,气喘吁吁地挣扎着。吴海给了黄亚明几拳,黄亚明给了吴海几腿,两人鼻青脸肿,都没捞到什么便宜。

欧阳正德双手叉腰,冷漠地看着,他也不想阻止了,只想让两个人好好地发泄一下心中的愤懑情绪。事在人为,成不成,天意而已。欧阳正德从来没有后悔自己参与了这次疯狂的电影创业,这两年走马观花见到的光怪陆离就是他最大的收获。如某大佬所说,活着就是游戏,赚钱只是顺便。所以如果把人生价值降低的话,就不会太失望。

但吴海实在对电影公司太看重了,而黄亚明也动用了身边所有的资源,他们俩怎么能不伤心,不失望,不泪奔,不痛哭流涕呢?

吴海和黄亚明像泼妇一样,打啊扯啊,蹬啊踹啊,全都是流氓拳王八腿,把天台的花盆也弄碎了,烧烤架弄翻了,桌子垮了,椅子砸了,一片狼藉,一团糟糕,一塌糊涂……

员工们听到了楼上的恐龙军团大作战,山崩地裂的,但没有一个人敢上来看。

"够了!"欧阳正德拿起一个浇花的水龙头,开到最大,像特警镇压恐怖分子一样,朝着吴海和黄亚明喷了一个全身透心凉,落汤鸡一样……

吴海和黄亚明也累得打不动了,两个人四肢摊开,望着浮云万千的天空,心中五味杂陈……

"对,对不起……"黄亚明先开口。

"小明,I am sorry, deeply sorry(对不起,很对不起)……"吴海也道歉了。

"好兄弟,有难同当,有福共享!"欧阳正德丢过去一条干毛巾。

吴海和黄亚明一头一尾地拽着毛巾擦干了脸,去办公室换了一套新衣服,又道貌岸然地坐在了会议桌前。

"长痛不如短痛,要精兵简政。"欧阳正德说,"开掉一些冗余人员,现在是尾大不掉。"

"可是没有那些艺人和作家,我们公司的估值在哪里?"吴海质疑道,"我觉得一个人都不能走,一走,外面就知道我们撑不住了。我们现在就是差一口气而已。你也知道,好几家大投资机构在走流程,也许明天就会到账。"

"也许永远不会到账。现实点,我们撑不住了,硬撑,只会内伤。"黄亚明捶着桌子,难过地说。

"很多人都死在黎明前夕。"吴海坚持说,"我会想办法的。就算全世界与我为敌,我也要一个人撑到天荒地老。"

"你是电影圈最后一个诗人。"欧阳正德欣赏地说,"我们会站在你的背后,一直到时间的尽头。"

"你们俩文绉绉的,我要吐了啊!我也来一句,我们一定会成为电影圈的三巨头!"黄亚明伸出了手掌。

吴海和欧阳正德也伸出了手掌,三个人的手叠在一起:"兄弟齐心,死撑到底!"

夜深人静的时候,吴海又醒了。

他走到酒店阳台,平常是锁着的,他特地叫管家开了锁,还签了一个发生事故与酒店无关的免责协议。

从高楼俯瞰京城的万家灯火,多少人在这里建功立业,也有多少人在这里铩羽而归。有人欢喜有人愁,再想想去年他们开业时的张灯结彩、高歌猛进,他不由得心头一凉,万念俱灰,真想纵身一

221

跃,粉身碎骨。

他看了一下账户,只有二十万不到了。他从没想过公司会搞成现在这么惨的局面,二十万,还不够他巅峰时候的一瓶洋酒。

他欲哭无泪,心如死灰,也有种人生如梦、霜冷露寒的幻觉。

如果电影真的失败了,他也不是输不起,至少他还有这几个兄弟。但他也深深地自责,也许自己真的不够专业,盲目冒进;也许自己太过于自负,一意孤行;也许真的是上帝在磨炼他,魔鬼在试探他;也许还有机会,还有希望……

望着高楼下方如织的车流,吴海的脑子里一片嗡嗡轰鸣,万马奔腾。

"唉!"吴海长叹一声,沉重地转身,关上了酒店的门,顿时万籁俱寂。

他翻越险山绝岭,惊心动魄,摘星追月,而天地无声,玄默不动,似水如斯。

在最困难的时候,吴海甚至有尝试毒品的冲动,他无法直面悲惨困顿的人生,无法给自己的兄弟一个交代,无法预测未来的路怎么继续。

他精神恍惚地拿起空了的烟盒,手机却及时地响了,他按掉。手机又响了,他不耐烦地接通,颤抖地求着说:"哥们,我没钱……别找我了……"

"海哥!"这是一个越洋电话,是纽约的伊肉和伊面打来的,"芳姐快不行了,她要见你。ASAP(越快越好)!"

真是屋漏偏逢连阴雨,吴海仿佛回光返照,一个鲤鱼打挺跳了起来,立刻从保险柜掏出护照,冲到街上,拦了一辆的士,在路上买好了全价机票,从北京飞往檀香山,再转纽约。

二十多个小时的折腾后,吴海出现在美国联邦监狱戒备森严的门口。经过毋庸赘述的不无歧视的重重检查后,吴海捧着鲜花和水果,跨入了探监室。

一个超过两百磅的女狱警用轮椅推着挂着吊瓶的芳姐出来,吴海的眼泪马上掉了下来。芳姐得了一种罕见的血液疾病,这种疾病让她一天要睡二十个小时,而且迅速衰老。

"是那些年的海风吹的,"芳姐哆嗦着手,颤抖地说,"风在梦里把那些靠不了岸的孤魂野鬼都吹进我的骨头缝里去了。"

"芳姐,现在美国医学很发达,想开点,你会好起来的。"吴海忍着眼泪鼓励说,他递上了满满的花篮果篮。

"好孩子,真有心。"芳姐豁达地笑着说,"等我死了,你就把我的骨灰撒在太平洋里吧。"芳姐说,"这样我的灵魂也许能随着太平洋的台风,回到福建,回到我真正的老家。海,这是我的遗嘱,你能帮我做到吗?"芳姐乞求地看着吴海。

"一定!"吴海从胸口掏出一本《圣经》,把手按在上面发誓,又念《启示录》的一节,"天使又指给我看,在城内街道当中一道生命水的河,明亮如水晶……"

"阿门!"芳姐虔诚地抱着双手,娴熟地背诵道,"我实实在在地告诉你们,一粒麦子不落在地里死了,仍旧是一粒;若是死了,就结出许多籽粒来。"

"芳姐,你是我们的摩西,祝你成为属神的人,成为神人,成为与神调和的人。神喜悦所有蒙他拣选并救赎的人,都成为神人。"吴海祝福说。

"荣耀归于主。哈利路亚。"芳姐虔诚地闭目,泪流满面。

"哈利路亚,主保佑。"连一旁的狱警也被深深感动了,合手为之祷告。

"芳姐,你不通知榕榕吗?"做完了祷告,吴海问。

"榕榕现在在花旗银行工作,一切安好,他的老公也是耶鲁大学高才生。我何必去打扰她?"

"说的也是。"吴海没有把上次去见榕榕遭到拒绝的事说出来。

"海,有个秘密我要告诉你。"探监快结束的时候,芳姐说。

"什么?"

"我知道是谁举报了我。"芳姐说,"那年在香港机场,美国人逮住了我,如果不是有人告密,我怎么可能在亚洲的地界失手? 我太相信我的眼线和我的能力了。"

"谁是反骨仔? 我办了他!"吴海吼道,"是欢哥?"

"不。他虽然是个奸人,但不是叛徒,我们是一条船上的。"

"是伊面、伊肉? 不可能吧?"

"都不是。她对我很重要,你也不可能动她一根头发的。"芳姐用地道的英文说。

"她?"吴海无法相信自己的耳朵,"是,是榕榕?"

"嗯。"芳姐无限感慨地说,"榕榕那时候在谈恋爱,警察找到她,威胁说如果不供出我,就写信给她男朋友,并去她的大学举报我。"

"美国警察经常这么钓鱼。"吴海厌恶地说,"如果我没猜错,她的男朋友后来和她分手了吧? 因为他就是线人!"

"你猜对了一半。"芳姐说,"他的确是线人,但是后来真的爱上

224

了榕榕。现在他们已经有了三个小孩。榕榕算是在美国真正扎根了,这件事情都可以改编成美剧了。就让一切都随风而去吧。"

"唉!芳姐,你的牺牲太大了。"吴海遗憾地说。

"我现在真的要死了。我在出事前,留了一大笔钱……"

"放在欢哥那里的钱?"

"欢哥那点钱也算钱?"芳姐神秘地说,"来,我告诉你……"

吴海把耳朵贴到听筒上,怔怔地听完了芳姐说的故事,觉得如好莱坞剧本一样离奇。不知为何,他觉得芳姐像一个引领他灵魂飞升的天使,哪怕她曾经被魔鬼引诱过,哪怕她本身可能就是魔鬼。

"芳姐,你告诉我这么多,我也告诉你一个秘密吧。"吴海虔诚地合掌说,"其实,我不是我……"

"别说了。我早就知道了。"芳姐用一个善意的眼神止住了吴海的坦白。

"你走吧,那笔钱如果你想用,就去。如果不想用,就永远地沉入海底吧!愿神爱你到永远。"芳姐示意,女狱警推着她转身离开,冷风吹起,她纷乱的满头白发是吴海瞳孔里的一场漫天飞雪。

吴海在郊区监狱看完芳姐,又租车回到纽约的唐人街,看了一些同乡联谊会的老朋友。他们好奇地问吴海的《汉江神兽》大电影什么时候能上映,还纷纷表示可以提供帮助,众人拾柴。吴海的一脸苦笑让一帮兄弟们无言以对,只能以酒相待。

"对了,芳姐和你说了什么?"伊面问。

"芳姐说你们别跑老远去看她了,她就想安静地度过余生。"吴海说，"如果大家有心，就多去看看榕榕。大家有空多聚聚，打打杀杀的江湖我们都厌倦了，何不做个平平淡淡的市井小民？"

众人都若有所思，唯唯诺诺地点头，低头浮一大白："干！敬海哥！"

"干杯！"

这时来了一个不速之客，一个穿着马褂，三角眼，钉子鼻，大阔耳，长着一张青白色的驴脸，皮笑肉不笑，俨然账房先生的江湖人士走了进来。他的身后还有十来个粗壮的打手，排场不小。

"欢哥？"众人纷纷避让离席。

"你还有脸回来！"伊面、伊肉掏出了手枪，对着欢哥的头。

"你们干吗！"十几个越南打手也掏出了手枪。

"反了！反了！"几个长老掀翻了凳子，"欢哥，别逼人太甚！"

"你们干什么！放下枪！"欢哥甩了最近的打手两个巴掌。

长老也示意伊面、伊肉放下武器。

"吴海，敬你一壶酒！"欢哥扯着尖细嗓子说，气势逼人。

吴海二话没说，一口气干了。

"果然是芳姐的干儿子！"欢哥阴阳怪气地说，"我也刚探过芳姐，她说冤家宜解不宜结，何况我们是喝着闽江的水长大的，本来就是一家人。"

欢哥走到福建商会列祖列宗的牌位前，恭恭敬敬地烧了三炷香说："吴海，能否借一步说话？"

"当然可以。"在众人怀疑的目光下，吴海和欢哥并肩挪步到阳台，望着唐人街下面的车水马龙。

"这个给你。"欢哥递过一个信封。

吴海打开一看,是十几年前自己和马翩翩在她别墅厮混的照片。

"为什么还给我?"

"我拿着有什么用?"欢哥反问。

"你什么意思?"

"她救了你的命。"欢哥说,"她的身份我不能说,但绝对不是等闲之辈!"

"什么?"

"十几年前,美国警方寻找中国方面的帮助,准备将福建帮一网歼灭。所以她主动接触了你。"欢哥说,"'金色羊毛号'出事的那个晚上,如果你去了,肯定会当场被抓,是她故意借着派对灌醉了你,你却傻傻的,什么都不知道。"

"你的意思是,她故意让我失信于商会,不去参与走私活动?"吴海拿着照片的手在颤抖。

"对,因为她对你动了真情,"欢哥出人意料地说,"她喜欢你。"

"她喜欢我?"吴海的眼前又浮现出马翩翩娇艳妩媚的脸,但是他越努力回想,她的样子却像远去的浪花一样更加模糊了。

欢哥稳住了吴海的手:"她到底是谁已经不重要了。她爱你,所以选择放手,选择离开。我还可以最后告诉你一点,其实我的确背叛帮会了,因为我和她其实也是一个系统的。"

吴海听得手脚冰凉,才知道差点卷入了一个巨大的权力旋涡。

"别问我其他事情了,很多时候,我们都是身不由己。我离开商会,只是不想再伤害无辜的人。走了!吴海,保重,拍你的电影去吧!千万别再蹚这浑水了!"

"欢哥!"吴海追了几步,却怎么也追不上了。

众人讶异地望着欢哥等人消失在茫茫人群中,分不清到底发生了什么事情,但是也不重要了。很多事情,本来就不是你表面所看到的那样,那又何必在乎真相呢?

因为担心装修房子产生的污染对胎儿不利,黄亚明特地送大腹便便的宋智丽回到了韩国仁川的乡下,她的家人紧张地为外孙女的出生忙碌着(韩国医院可以提前鉴定性别),每天准备可口丰盛的饭菜。外婆用韩文叽里咕噜地说:"小孩子长大一定要当医生或律师,当歌手和演员都是不入流的。"

黄亚明苦笑着站在阳台上,望着不远处的海边,那里曾经是仁川登陆战爆发的地方。

很小的时候,黄亚明的家在宣武门的菜市口旁边。他是听着各种各样的鬼故事长大的。不外乎是哪个革命党人在菜市口被砍头,半夜拿着血淋淋的头,去药店找人补头。

到了十八岁那年,祖母才告诉黄亚明,其实他是从垃圾堆里捡回来的。

"你父亲死的时候,没有留下孩子。"祖母说,"家里不能断了血脉。有次我去八大胡同看一个老姐妹,出来的时候,在垃圾堆里看到一个弃婴……你爸爸和你妈妈的故事,都是我编的……"

刚成年的黄亚明听不下去了,他捂着耳朵逃了出去。从此之后,他就不敢回菜市口的老宅。他一直希望祖母是欺骗他的,是编了另一个故事,他宁可相信他爸爸和妈妈是在北大荒垦荒的时候被狼咬死的。

"我本来就是一个被世界遗弃的人。"黄亚明站在波浪汹涌的海边,渴望着新生命的诞生。他突然涌出一种奇怪的念想:我一定要拍出这部电影,来迎接我孩子的诞生。

吴海在美国找钱,黄亚明在韩国照顾孕妇,欧阳正德一个人殚精竭虑地支撑着金三角影业公司。但是压垮他的最后一根稻草也来了。

清明前一天,欧阳正德大清早接到了妻子刘彩艳的电话。

"一大早的,什么事?"

"你父亲走了。"妻子哭哭啼啼地说。

"什么?"

"昨天夜里,喝酒中风走的。"妻子说,"他走的时候很平静……"

"我马上回去!"

欧阳正德立刻去了机场,飞重庆再转攀枝花,攀枝花机场在一个高山顶上,风力很强,乌云密布,飞机转了好几圈才落地。

刘彩艳亲自来接欧阳正德,回到家里,黑压压的都是亲朋好友,连好多大学的同事都特地赶了过来,也有不少是岳父岳母那边的门生手下。刘彩艳的闺密也来了整整五桌。欧阳正德对这个大家庭深感歉疚,他做得太少了。

欧阳正德冲到灵堂,跪倒在冰棺前,忽然一下子就原谅了父亲。他是蛮不讲理,他是缺乏文化,他是武断专横,可他是个有义气、好面子、爱护家庭的父亲。父亲生前最爱和邻居炫耀的不是煤矿产了多少煤,而是念叨着"我儿子以前在大学教书,现在在北京

229

拍电影呢"。

"在爸的钱包里,找到一张照片。"刘彩艳说。

欧阳正德接过照片,是父亲骑着自行车,把上幼儿园的他放在横杆上,而母亲坐在后面搂着父亲的腰,一家三口开心地笑着。

父亲的人生就像一个黑黢黢的煤矿,看不清,说不准。他对官员懦弱,对员工霸道,对朋友两肋插刀,对亲人古道热肠;他有着江湖大哥情结,也渴望过上含饴弄孙的安定生活。但是欧阳正德却因为初恋,而一直无法原谅父亲。

欧阳正德的书看得太多,多到让他和这个功利的社会脱节太厉害。他甚至有时候残忍地觉得,父亲如果死在监狱里就好了,那样父亲的形象也许可以更高大而纯粹一点。

岳父岳母给父亲举办了隆重的葬礼,请来了附近最好的川剧班子,这是当地人认为最体面的方式。欧阳正德的母亲没有来,但寄来了一份厚礼。

欧阳正德在葬礼上泣不成声,妻子披麻戴孝,哭成了泪人。

"你老婆是个好人,"一个邻居对欧阳正德说,"每周都开车回来,炖汤给你父亲吃,还陪他打麻将,每次都故意输给他。"

"别一年到头老在外面跑,家里的钱不够你活? 快生个娃吧!"一个亲戚好心地说。

"谢谢你。"欧阳正德朝自己的妻子九十度鞠躬。

吴海和黄亚明不知道从哪里得到了讣告,买了一长排的黑色花圈,吴海身在美国,还特地转了三万美金给欧阳正德的家人。欧阳正德把钱又转回了公司账户,现在公司已经岌岌可危了,他不想给公司增加压力。

父亲出殡那天,欧阳正德很意外地在山上的墓园看到了小竹。

她不再穿得花里胡哨,而是素净整洁,一身白裙。时间像云一样飘远了,又回来了。

"你怎么在这里?"欧阳正德撇下众亲人,跑过去问。

"我的父亲,前天晚上走的。"小竹点燃一炷香说。

欧阳正德算了下时间,刚好和父亲中风去世的时间一模一样,按照迷信的说法,真的是冤冤相了了。

"介绍一下,这是我太太,刘彩艳。"欧阳正德拉着刘彩艳的手说。

小竹礼貌地笑了一下:"珍惜眼前人吧。"

她清新脱俗,一尘不染,返璞归真地走了。

"那女的是谁?"刘彩艳问。

"……"

"我懂了……"

欧阳正德和妻子的对话被号啕大哭的葬礼给淹没了。

吴海从美国回到北京后,陆陆续续又有几路债主找上门了。

一开始还有人客气地问什么时候开机,接着就有人质问,是不是挂羊头卖狗肉,借口拍电影却卷款而逃?有人要查看公司的账单,却遭到了严词拒绝。

"听说你们董事长是黑帮?告诉你,中国没有黑社会,也不容许任何诈骗分子招摇撞骗!还有王法吗?"

"你们不会通过地下钱庄,把款都挪走了吧!"

"再不还钱,我们要去举报了!哎呀,你们怎么软硬不吃啊,快还钱！否则，否则我就去你们公司跳楼！"

与此同时，娱乐圈子里也盛传金三角影业融资失败，还有一些解约的前艺人化名在微博和微信里杜撰爆料，说金三角的三个带头大哥早就分赃不均、分道扬镳；最知名的作家和编剧也被同行公司给挖了墙脚，其他作者也一哄而散，全都走了。

吴海手头只有不到一百万，但是账面上已经出现了五百万的欠款，包括工资和利息，以及一些行政开支等。吴海把福建马尾的别墅挂出去卖，开价从三千万直线跌到两千万，因为房地产政策变严遇冷，买家都在观望，还没人接手，一时无法变现，也是远水解不了近渴。

《汉江神兽》的领衔主演张不凡也出了乱子，他和一个粉丝在国外酒店一夜情，被粉丝下药拍了照片，还曝出使用各种变态 SM道具，照片被卖给狗仔队，又被曝光他欺骗女粉丝，导致人气大跌。最狗血的是，那粉丝是个变性人！

张不凡人设坍塌，形象崩溃，危机公关失败，还抱怨宽少的工作不到位。宽少辩解说："我反复警告你不要和粉丝有超过正常友谊的关系，你就是不听！"双方闹得不可开交，还要解除经纪合同。张不凡甚至发了公告，声明宽少代签的所有工作合同无效，其中就包括金三角影业的《汉江神兽》。

树倒猢狲散，黄亚明从韩国发回紧急消息，仁川的剧组已经完全停工，还有工头找到宋智丽的家里要钱。负责安保的朴会长早就撤了，听说还可能倒打一耙，代表金贤惠出面，来中国向吴海追债。

一波又一波的强力重拳袭来，吴海疲于应付，被打得鼻青脸肿,毫无招架之力,真是到了崩溃的边缘。

在他最需要帮助的时候,杰克给了吴海致命一刀。他发了一封措辞严厉的律师函,要求吴海解释为什么没有准时开机,一拖再拖,并向金三角影业高价索赔他所有的投资款以及高额利息。

吴海没有回应,也不知道怎么回应。

过了两天,就有一波凶神恶煞般的黑衣人冲到公司里,打砸骂抢,闹得不可开交,鸡飞狗跳,连电视台的记者都跑过来报道,说什么"金三角影业陷入融资丑闻,数额涉及数亿元……传闻公司高层集体潜逃出国……影视投资有风险,经济纠纷惹不起……"

金三角影业孤立无援,像一个倒霉挨虐的俘虏。公司会议室的巨型投影被砸烂了,员工的多台电脑被强行搬走,硕果仅存的七八个员工也被打伤了,挂在墙上的好几副名贵字画都被强行扒走,黑衣打手还把公司冰箱里的东西都吃了,连小晴的冰激凌和大熊的小龙虾都未能幸免。

门口的石头狮子也被喷漆,木头牌坊被纵火烧掉,还好保安及时赶到灭火,不然连门都保不住了。物业公司也怀疑金三角影业要跑路,要求提早结算半年的水电费。公司外墙竖立着多面讨债的丑陋标语和旗帜,一地狼藉。好多隔壁公司的员工、附近街坊也指指点点,煽风点火,谣言四起。

"影视大骗子!娱乐圈的老鼠屎!文化行业的耻辱!"

"老赖!不要脸!欠钱不还!再不还钱就让工商部门查封你们!到法院起诉你们!抓你们坐牢!"

"金三角影业就是野鸡公司!影视圈里的垃圾!败类!毒药……"

这一连串魔鬼般的诅咒如雷贯耳,在躲在楼上档案室里的吴海头脑里剧烈地爆炸着,反复震荡着,他有点撑不住了,他真的撑不住了,他终于撑不住了……

14 三傻玩转大电影

得知金三角影业公司被一大群社会无赖围殴后,黄亚明连夜从韩国飞了回来,欧阳正德披星戴月地赶回北京,手臂还戴着醒目的黑纱。

"我们一起组建了公司,现在公司资不抵债,大家发表下意见。"吴海面对一帮欲哭无泪的员工,有气无力地说。

"吴海,你已经尽力了。"黄亚明说,"我们兄弟一场,是友情所在,不管电影能不能拍出来,我们都是好兄弟!"

"你的意思是,好聚好散?"吴海有点失望。

"不然怎样?"黄亚明说,"就和买股票一样,势头不对,就要壮士断腕,怎么能逆势而行,硬撑到死? 散了公司,我们各忙各的,过几年时机成熟了,我们还可以东山再起,死灰复燃!"

"人无信不立。为了开这家公司,我已经耗尽了我毕生的资源,东山再起,谈何容易啊!"吴海打开桌子上的牛栏山二锅头,大口大口地喝着,"我真的没脸再回美国了。"

"车到山前必有路,柳暗花明又一村。"欧阳正德睿智地说,"这个《汉江神兽》是拍不了,我建议,我们不如拍一个小成本的。一千万成本,照样能有大回报。"

"钱呢?"黄亚明问。

"瘦死的骆驼比马大。"欧阳正德说,"我们还有一些仅存的作家版权，找一找渠道变现卖掉，还是有希望凑点钱的。"

"如果拍小成本，我们拍什么好呢？"吴海问。

"拍个鬼片吧。"黄亚明说，"惊悚片多是以小博大。《女巫布莱尔》票房四亿美元，制作成本才五万美元不到，回报率七千多倍！情色片也是可以考虑的。韩国这方面有不少成功的案例，香港的《金瓶梅》《肉蒲团》系列也值得借鉴。"

"我觉得可以先拍个文艺片，在国外得几个奖，有一点口碑，积攒点人气，电影界毕竟还是靠作品说话。"欧阳正德说，"有了得奖作品，将来融资的时候，就增添了不少筹码。"

"我个人其实还是看好喜剧。"吴海长叹了一口气说，"如果我们拍一个电影，就叫《三傻玩电影》，你们觉得如何？"

黄亚明和欧阳正德面面相觑地愣了半天，异口同声地喊："好！"

那一天，他们聊了个通宵，三个人都做了深刻的自我检讨，互相批评，反省一路的撞撞跌跌、眼高手低、功亏一篑。

为了力挽狂澜，置之死地而背水一战，金三角影业把能卖的东西几乎全卖了，公司的奔驰商务车也三折卖了，连门口的石头狮子也洗干净油漆后卖给了潘家园的古董贩子，客厅的立式空调也在闲鱼上卖掉了，因为大家一想到下个月的工资，就立刻透心凉了。

吴海把福建的别墅以一千万脱手卖掉了，大部分用来偿还杰克的投资款和违约金。吴海特地回了一趟福建，交房产证给那个买走房子的莆田医院院长的时候，吴海伤心欲绝。

这是他的老房子，他从小穿着开裆裤长大的地方，他唯一的祖业,就这样拱手让给了别人。

吴海顺便去了一趟寿山,经过著名老作家莫真的个人担保,一家民营图书企业愿意借五百万元人民币给金三角影业,抵押物是金三角影业旗下所有作家大约三百本图书的全部版权。

三个月后,这家叫"勇敢者"的新文娱企业在创业板成功挂牌上市,因为内容充足,又有文化概念炒作,当天估价就涨了三十倍,号称"出版界第一妖股"。曾经和金三角影业签约的近百名作家全部到了敲钟现场撑场,气势惊人,但这一切已经与金三角影业没有太大关系了。

在参加完上市公司的酒会,并卑微地签好借款协议后,趁着墨汁般的夜色,吴海、黄亚明、欧阳正德酩酊大醉,穷困潦倒,踉踉跄跄地走出酒楼。

"我去找车……"黄亚明分不清东西南北地说。

"我去上个厕所……"欧阳正德今晚为了向"被出卖"的作家谢罪,破天荒喝了不少酒。

"我在前面胡同口等你们。"吴海晃晃悠悠地穿过黑魆魆的、砖瓦结构的逼仄胡同,突然一道黑影刺出来,一个穿黑衣、戴着口罩的神秘男子拦住了他,恶狠狠地说,"给钱!"

"停车费?我没开车啊。"吴海精神恍惚地回答。

"还不还钱!叫你不还钱!叫你不还钱!"男子掏出一把锋利的匕首,就朝吴海的肚子捅,一刀,两刀,三刀……

吴海醉得根本无力还手,头冒金星,像一根被砍伐的大树一样栽了下来,倒在血泊之中。

"嘀嘀——"醉驾的黄亚明在胡同口不耐烦地拍打着喇叭。

欧阳正德刚从厕所出来,边擦着手,边冲了过来,一向泰山崩于前而不变色的他被眼前血腥可怕的场面给吓到了,颤巍巍地大喊大叫:"吴海……亚明! 来人啊! 救命啊……"

黄亚明的酒全醒了,一路闯红灯,把吴海送往协和医院,欧阳正德撕烂了自己的衬衫,紧紧地绑住吴海的胸口:"兄弟,醒醒,醒醒,不要睡啊……"

黄亚明的后车座至今还有吴海的斑斑血迹,因为太久,已经变得像干掉的口红。

车子开往医院的路上,三个人望着窗外的霓虹闪烁、车水马龙,仿佛是一生的浮光掠影在走马观灯地上演、定格、重播、循环……

"亚明,你后悔当初我们一起做电影吗?"欧阳正德问。

黄亚明咬着牙,愤愤地说:"老子本来只想玩玩,却差点玩死了自己! 这代价也太大了!"

车子终于冲出堵车的队伍,黄亚明以赛车手的标准漂移停在了医院门口。

急救室的医护人员冲了过来。

吴海已经失去了意识,鲜血如梅花一样大朵大朵地绽放。他觉得自己是一条搁浅在海边的鲸鱼。

此刻,有人在高楼的落地窗前眺望夜空的繁华烟火;有人一身运动装扮,捂着鼻子匆匆跑过散发臭味的护城河;有人在长安街衣香鬓影的顶级俱乐部觥筹交错;有人躲在隐秘的办公室暗箱操作;

有人搂妻抱子,在电视机前看着无聊的综艺节目;有人在夜店里如痴如醉,放纵青春;有人在街边甜蜜地交头接耳,分享一杯昂贵的进口冰激淋;有人站在千年前的古墙头上,朝川流不息的街心纵身一跃;有人不知道身在何方,望着万家灯火,望着旋转不息的茫茫人群,撕心裂肺地喊:"我的未来是一场梦!"

吴海轻若羽毛,无声无息,在噩梦的海洋里永无止境地漂浮,漂浮……

整整三天三夜,黄亚明和欧阳正德没日没夜地守着,不眠不睡。

公司前前后后有一百多号人,现在来看望吴海的就十人不到。有的人视而不见,关我屁事;有的人避之不及,没发的工钱给你看病吧;更多的人都识时务者为俊杰地离开了,躲都来不及。

医生推开门的时候,欧阳正德已经做好了接受惨痛现实的准备,黄亚明已经找到手机目录里一条龙丧事的联系电话。

"他挺过来了。"医生也露出难以置信的表情说,"这个人,真不一般。"

谢天谢地!多亏那天晚上的路况还不算太堵,经过医护人员的精心抢救后,求生意志顽强的吴海,终于在 ICU 病房里醒了过来!

周书记特地穿着洗白了的的确良衬衫,打着补丁的工人裤,踏着老北京布鞋,骑着共享单车,赶来医院看吴海,义愤填膺地撂下一句:"我要查出谁干的,就写信到紫光阁,让他血债血偿!"

黄亚明觉得杰克的嫌疑最大。

欧阳正德觉得三太子的可能性也不小。

小晴说："不会是欢哥派来的人吧？"

Linda 说："不会是韩国人下的黑手吧？"

大熊说："那几个东北土老板很有可能。"

也有人说："三里屯本来就挺乱的，也许是随机犯罪。"

突然有人冷不防地说了一句："也许凶手就在我们身边。"

大家都噤若寒蝉，不敢说话了。有些犯罪有多种目的，有些犯罪没有明确目的，有些犯罪，每一个人都是动机和目的的一部分。

但抢救过程中，发生了一个小插曲，一个主治医生反复地求问："这个人到底是不是吴海？是不是？"

"怎么了医生？"黄亚明问。

"我们查了吴海的出生证，登记的血型和病人不对，差点用错血包了。"医生摇着头，自言自语地说，"唉，福建那种地方，几十年前，也许登记错了吧！"

"还好他不是熊猫血，医院血库充足，总算命大捡了回来。"欧阳正德无比感慨地说。

吴海在医院住了整整一个月才勉强恢复过来。其间，周书记、高总、神秘嘉宾等牵头，也勉强解决了一些债务危机。就连最嚣张的杰克也拍着胸口表示说："算了算了，死马当作活马医，还是希望海兄快点好起来，等拍完了电影，那些利息按照银行四倍还我就好，我够仁至义尽了吧！"

金三角影业公司大举裁员，签约艺人只剩下三个，签约的作家全走光，其他必备的员工总共加起来也没超过十个。

看着曾经如日中天、人气恢宏的新锐企业运作成这个样子,知道的人无不心酸,暗自扼腕。

"麻雀虽小,五脏俱全。"黄亚明乐观地说。

"对了,那个《三傻玩电影》的剧本如何了?"吴海在病床上支撑起来问。

"陈美已经写得差不多了。"欧阳正德说。

"她是写言情小说的,喜剧也可以?"黄亚明问。

"我口述了这些年我们遇见的奇葩神人、传奇故事给她听,她听了哈哈大笑,直言现实果然离谱至极,是艺术他妈。"欧阳正德说。

"喜剧其实是一种最高明的悲剧。"黄亚明语出惊人。

"怎么了?"吴海听出了弦外之音。

"小蝴蝶得了白血病。"欧阳正德伤感地说。

"谁是小蝴蝶?"

"陈美的女儿。"

病房里的人不约而同地叹了口气。

"你预支点稿费给陈美。"吴海说。

"已经给了。"欧阳正德说,"她是用心写东西的作家,这个剧本你就放心吧。"

夜深了。

天津简陋整洁的单身公寓里,陈美还在通宵创作。她想起那三个男人拍电影的故事,一会儿笑,一会儿哭,一会儿摇头,一会儿沉思。这是三个太过理想主义的男人,根本就不适合出现在这个物欲横流、尔虞我诈的社会。他们是三个堂吉诃德,却妄想和伏地魔军团称兄道弟。

陈美一边写着剧本,一边不时地看看身侧的小床。

小蝴蝶脸色如雪,香甜地睡着,她正梦见自己变成一只花翅膀的蝴蝶,飞上蓝天。

韩国的萨德危机全面爆发了,不久后,朝鲜核危机也爆发了,这意味着金三角影业本来计划在韩国拍摄的电影项目《汉江神兽》彻底泡汤。更多的投资商发来了律师函,要求撤资、退资并索赔。

大病初愈的吴海抵抗着一波一波的商业危机。黄亚明近期频繁增加了外出演出,赚一点微薄的出场费来贴补公司。

欧阳正德回了一趟重庆,这一次,是刘彩艳主动提出离婚的。"真的不想再做有名无实的夫妻了,勉强的婚姻不会幸福的。你有你的一片竹林,我也有自己的一片花园。"前妻在签离婚协议的时候,文绉绉地说。欧阳正德考虑了一个晚上,还是郑重地签下了字。

为此,前妻分了一半家产给他,没想到数额非常可观,变现后有两千万,但是有一半是岳父岳母的养老基金。欧阳正德也拿了八百万来贴补公司。

虽然日子过得十分惨淡,但也还保留着那么一点咸鱼翻身的机会,一点点渺茫的希望。这种微乎其微的希望,有时可以起死回生,有时又可以送你到十八层地狱。

追星逐日,陈美的剧本在一个月内写完了,请了中国电影协会、编剧协会、制作公司、发行公司的一些领导、老师来看，都认为是一个泪中有笑、切中时弊的喜剧现实电影。

"比《疯狂的宝石》还好！"

"有《太囧》的潜力！"

"以小博大，千万拨十亿，有搞头！"

黄亚明拿着皱巴巴的电影策划，卑躬屈膝地到处求人，重新牵头，又找回原来《汉江神兽》的一些工作人员，红着脸告诉他们，项目照旧继续，这个是《汉江神兽》的前传。

"三个人渣拍电影，和神兽没有半点关系吧？"有人质疑。

"这三个男的，变态无耻，下流卑鄙，是他们用杂交的基因制造了神兽！"黄亚明漫天瞎编地说，"反正按活办事，钱工两讫！"

陆陆续续，一些高不成低不就的剧组人员又被拉了回来，大家闲着也是闲着，开始正儿八经地筹备《三傻玩电影》。不过这次项目低调沉稳了许多，不仅没有朝外放卫星，前期工作也做得扎实隐蔽。一步步有条不紊地推进，原来才是最猝不及防的闪电战。

公司隔壁的人幸灾乐祸地问："你们公司是不是倒闭了？ 最近都死气沉沉的。"

"你们这回又借了多少高利贷？"

"肯定换老板了！ 一看风格就不对！"有人幸灾乐祸地说，"电影圈啊，真是打一枪换一炮！ 八亏一平一赚啊！"

《三傻玩电影》是标准的小成本电影，两千万不到的预算，演员全部用公司的签约新人，导演依然用马光头，摄影师还是台湾的侯老师——感谢他不离不弃，也没有坐地加价。花了大半年时间，到秋天树叶落尽的时候，《三傻玩电影》剧组已经人员码好，蓄势待发了。

吴海两年内，第三次去了美国。

联邦监狱打来紧急联系人电话，芳姐死了。"她是在夜里走的，平静而坦然，好像听到了上帝的声音。"那个胖胖的女狱警好心地说。

吴海在飞机上狼狈地哭了一夜，害得空姐不停地蹲下来，递纸巾、送水，用不标准的普通话劝他："天涯何处无芳草，何必单恋一枝花。"

福建商会在东百老汇的唐人街举办了隆重的葬礼，来参加的警察比江湖人物还要多，葬礼动用了一百辆劳斯莱斯，黑衣黑裤黑伞黑鞋，按照福州的传统在腰间绑一根白布，远远看去仿佛一群气功高手。

丧礼的队伍秩序井然，庄重得体，这场华人有史以来规模最大的丧礼震惊了整个美国主流社会，还登上了无数报纸、网站的新闻。国内也有许多名流绅士前去奔丧，送芳姐最后一程。死者为大，欢哥特地从西贡飞来，从头到尾，亲力亲为，以家属的身份招呼宾客，无微不至，赢得了同乡会的一致好评。

在肃穆庄严的葬礼现场，榕榕和美国女婿也来了。她老公人高马大，深目高鼻，穿得好像国会议员，他不是以女婿而是以朋友身份来的，可能是不想张扬以前的官方背景。而披麻戴孝、拿着哭丧棒的反而是吴海，榕榕也哭成了泪人。

"一鞠躬，二鞠躬，三鞠躬，家属答谢……"

冷冰冰的大理石纪念堂，吴海看着黑白照片中的芳姐，忍不住

244

眼泪掉了下来。男儿有泪不轻弹,只因未到伤心处。

"哥,谢谢你……"榕榕含着泪,伤感地问,"对不起。妈,妈她还恨我吗?"

"不会,她早知道了。"吴海淡淡地说。

"啊?"榕榕一脸茫然。

"芳姐是个具有大智慧的人。"吴海说,"她说,一粒麦子死了,是为了更多的麦子可以活下去。只要你过得幸福,一切都好。"

"妈……"榕榕在纪念堂里捣蒜般地磕头,泪如雨下。

身处意大利、俄罗斯、日本、泰国、巴西、阿根廷等国家的朋友都送来了不菲的慰问金,最后一算,居然有三百万美金之多。

伊面和伊肉等人坚持让吴海把钱带走,吴海却一分都不要,一半捐给慈善机构,一半让福建同乡分了,榕榕分得最多。

这是吴海的高明之处,如果全部捐了,肯定有人说他假清高,用客人的钱抬自己的名誉;如果全分了,数目太大,分配不均,难免闹出血海深仇来。

何况,心细如发的芳姐还留了一张富可敌国的王牌给吴海。

办完芳姐倍极哀荣、名震一时的丧礼,吴海形神枯槁,形销骨立。

头七的那天,在纽约郊区静悄悄的墓地,一丛丛的蒲公英迎着风儿轻轻摇摆,吴海哀伤地在芳姐的墓前坐了一整个下午。

不知道什么时候,身旁突然多了一个轻盈的人影,几乎把吴海吓了一跳。

"雪莉?"吴海蓦然回首,激动地喊。

245

长发披肩的雪莉给了吴海一个温暖的拥抱,她的身上有好闻的艾草味香水。她浅浅的酒窝盛满了浓浓的心疼与哀怜。吴海的手搭在她盈手可握的腰肢上,贪婪地呼吸着她杨柳依依、冰雪芳菲的味道。

"对不起,我出国了。没赶得及送最后一程……"雪莉抱歉地说。

坐在茵茵的青草地,雪莉和吴海有一搭没一搭地聊了一个傍晚,晚霞绚烂,吴海突然有股强烈的冲动,什么电影也不拍了,什么事业也不管了,也不回中国了,他什么都不要了!

他只想像普通人一样,和雪莉厮守到老,去西部、去高原、去沙漠、去冰山,无论去哪里,他们都要在一起,过着王子与公主的童话生活……

"什么时候回中国?"一抹浓云掠过雪莉的眉梢。

"明天。"吴海停滞了一下说,"不过,如果你要我留下来的话……"

雪莉迟疑了一下,像一个亲人一样,伸手整理了一下吴海被风吹乱的领子,凝视着他的眼睛说:"很可惜,你要错过我的婚礼了。"

"你要结婚了?"

"嗯,下个礼拜天。"

"恭,恭喜你。"吴海觉得这个消息太突然了,他的胸口有种剧痛,感觉心脏也裂成了橘子的花瓣状。

"其实我们已经谈了三年的恋爱了。"雪梨不敢看吴海的眼睛,嗫嚅地说,"他是一个中东阿拉伯国家酋长的儿子,在他的国度一桶石油比一瓶矿泉水还便宜。他现在在一家国际投资集团当市场总监。"

"真范特西(太梦幻)……"吴海痴痴地说。

"他对电影很有兴趣,所以我特地和他说了你的项目。他愿意私人投资你两百万美金。"雪梨掏出了一张写好的支票。

有那么一秒钟,吴海生出一种歇斯底里的、撕毁那张支票的冲动,可是他没有那么做,因为他害怕撕碎了雪梨的心。

他对不起她。

一转眼,雪梨也三十好几了,难道不是谈婚论嫁的年纪? 而自己,什么都给不了她。他就像一个长不大的孩子,而她,就像一朵枝头绽放的花朵。即便她凋零成泥,她的芬芳也永远飘舞在他追悔莫及的心海。

仿佛过了一个漫长的轮回,吴海努力地挤出一个浪子般无所谓的笑容,接过了雪梨的支票,调侃地说:"谢谢老板娘,亏了没的赔,赚了买礼物给你。"

"我信你。"雪梨转身走了,仿佛她从来没有来过。

原来霞光如玫瑰盛开的天空突然变成了一块灰沉沉、硬邦邦的巧克力化石。

失之东隅,收之桑榆。吴海带着两百万美金回国,尽快搭建了剧组,该付的钱都提前付清了。黄亚明也找了一家音乐集团 ,卖掉了他所有歌曲的版权,换了三百万现金。欧阳正德也把离婚得到的八百万全部投到了公司。

去掉一些前期的欠款和行政开销,金三角影业公司的账户上不到一千万元。

痛定思痛的吴海又做出一个惊人的举动,前往越南拍摄喜剧电影《三傻玩电影》。

因为越南的物价和人力比较便宜,而且还有原始风光和异域风情,而越南北部有许多类似中国八九十年代的景观,对国人观众没有欧洲城市那种疏远感,拍喜剧片有种莫名的落差与喜感,十分合适。

七月酷暑,金三角影业重整旗鼓,整个剧组一百多号人杀到了越南北部一个叫太平的小城市,从这个名字就可以猜出,这个地方以前很不太平。

剧组在一个荒凉偏远、周围全是成片稻田的山区安营扎寨。当地的小孩赤裸上身,不穿鞋,在田里乱跑。剧组的很多人一到越南就因为太热和水土不服,开始拉肚子。

折腾了一周,大家终于安稳下来,恢复元气,开机了!

这个《三傻玩电影》的喜剧故事非常离奇,夸张滑稽,荒诞无比。电影讲述三个中国乡下的穷小孩,从小就有遥不可及的电影梦,他们模仿香港电影的武侠片,像堂吉诃德一样到处打架,无事生非;又学习黑帮片组织堂口,收保护费,泡妞飙车,流血斗殴;各种邯郸学步,照猫画虎,东施效颦,让人看了忍俊不禁,捧腹大笑,但每个人都可以从中找到自己青春的影子。二十年后,三个男孩都长大了,其中的老大孔君子去了美国读书,后来成功参选美国议员;老二贾富贵非法出国,去了中东打工,谁知道误打误撞成了石油大亨;老三吴所为最惨,就待在乡下小村子里,成了一个坑蒙拐骗的地痞流氓。

三个男人忘不了他们童年的电影梦,也忘不了他们小时候一起喜欢的那个女孩子莎美娜。莎美娜现在是越南乡村学校的音乐老师,出落得袅娜娉婷,如同电影明星。

于是三个男人借着拍电影的名义,请这个女孩子当主演,其实都想用各种手段追求她。可是三个男人都是半路出家的电影人,不够专业,所以在拍电影的过程中闹出了无数笑话,搞得一团乱麻。而那个善良美丽的女孩子,最后会选择哪个男人当她的白马王子呢?

这个电影有爱情、喜剧、励志、成长、异域风情等元素,十分新鲜,不按套路出牌,独树一帜,别出心裁。

剧组待的地方非常贫穷,可是当地的小孩却有着最天真纯洁的笑容。这里的农民一天还吃不上一餐肉,却愿意拿出最好的食物和剧组演员分享。更有许多农民前来剧组打杂,扮演群众演员,不收一分钱。

在越南拍戏真的很辛苦,那里的蚊子简直比鸟还大,晚上战斗机一样嗡嗡作响。剧组住的酒店就是茅屋,还有蛇和昆虫会爬进被窝里。

其中当然遇到了无数困难、好玩的事情。比如有一天太热,黄亚明在户外裸睡,被蚯蚓钻入关键部位,结果下身严重发炎,肿得像杧果一样,他疼痛不已,而当地又缺乏卫生设备,还好欧阳正德从《本草纲目》中找到了办法,在当地抓了一只鸭子,让它帮黄亚明治疗……吴海也把这段令人喷饭的剧情加到了电影里。比如有好几个越南少女,晚上赤身裸体地跳到欧阳正德的被窝里,却什么事也没有发生,俨然是柳下惠传奇。比如吴海散步的时候,在田里发现了一件古代的兵器,后来经鉴定是一千年前的文物,卖给美国古董家还赚了一笔，后来当作分红发给了剧组人员。

各位读者有兴趣的话，在网上搜一搜，就有那个时候他们公司拍电影的纪录片。如果足够细心，还会发现本书不起眼的作者在最后一个销魂的镜头里一笑而过。

总而言之，大家齐心协力地拍摄了两个月，在东南亚最炎热的、鸡蛋刚生下来没落地就孵化成小鸡的季节里，电影《三傻玩电影》终于拍完了！

15　一场游戏一场梦

杀青那一天,吴海、黄亚明、欧阳正德都喝醉了。

"我们做到了!"

"我们拍出来了!"

"《三傻玩电影》万岁! 中国电影万岁!"

"我们真的是三个傻瓜啊!"

"没错啊! 我们是傻人有傻福!"

"哈哈哈……"

所有在越南的剧组成员都喝醉了。他们一起袒胸露腹、返璞归真地倒在柔软的草地上,望着天上大得像道具的金色月亮,好像在做一场古怪奇幻的梦。

吴海偷偷地看了一下账户,还剩五百万元。幸好他已经提前支付了后期特效一半的费用,所以顺利成片是没有太大悬念的。他终于可以长长地松一口气了。

"丁零零……"黄亚明的电话响了。他醉醺醺地接起了电话,顿时激动地跳了起来,"耶! 智丽在首尔医院,给我生了一个大胖小孩! 是男的! 是男的!"

"之前不说是女的吗?"吴海问。

"哈哈,医生看错了! 也难怪,婴儿的小鸡鸡本来就小……"黄亚明问,"欧阳大师,给起个名字吧?"

"这个就免了,不过小名就叫阿福吧。"

"为什么?"

"傻人有傻福啊!"

"哈哈哈……"

杀青后,剧组人员陆续回到了中国,吴海、黄亚明、欧阳正德一起去了岘港,见了一个发行商,提早卖掉了东南亚的发行版权。

夕阳下的海边餐厅,黄亚明举着酒杯说:"以最正的海鲜和美女之名,祝贺我们金三角影业步步高升,红遍全球! 干杯!"

"干杯!"

"好多人说我长得像梁家辉啊,"欧阳正德摘掉眼镜,望着海面说,"可是我的杜拉斯在哪里? 我的情人在哪里?"

"在梦里,在梦里……"吴海喃喃地说。他没发现身后的那桌,欢哥的眼线正寸步不离地盯着他们。

他们都醉了。

这部电影真的太来之不易了! 像云上的一架天梯,像深山里遗失的宝藏,像大海深处的一颗遗珠,像一个永远吻不到的梦中女郎……

他们终于凯旋。回到中国后的事情顺利得像一场美梦,半个月剪辑,两个月后期特效,一个半月通过审核,拿到龙标! 他们幸运地在那年年底赶上了贺岁档!

《三傻玩电影》一登录国内各大影院,就掀起了一股爆笑龙卷风,当天票房破亿,口碑爆棚,好评如潮! 一周五亿,半月十亿,又延长发行秘钥,最后两个月拿下了将近二十亿的票房! 当然,这少不了欧阳正德找来一百个枪手在豆瓣、猫眼、知乎、头条等投放的上千篇软文和影评等，也少不了黄亚明拉下脸皮，求爷爷告奶奶地找了几百名歌手和演员刷屏、发微博、发广告、捧场包场的努力。

还有海外版权、网大、网剧、续集、外传、前传等系列版权都以几何倍数的收益增长，金三角影业一举成名，震惊了全球影坛，刺瞎了许多内行专家的眼球。

他们一炮成名！

曾经囊中羞涩，欠了一屁股债的吴海、黄亚明、欧阳正德每人都换了新车，一辆是 007 用过的兰博基尼，一辆是全球限量的中东酋长款布加迪威龙，一辆是如假包换的 16 世纪英国皇室马车，真是数钱数到手抽筋，做梦都会笑醒啊！

他们还清了杰克的高利贷，用一打打钞票砸得他抬不起头；巨额的回报让高总、朱总等赚得盆满钵满，喜笑颜开；台湾不计回报的牛叔得到了最丰厚的回报，连谋求复出的王倩雯都认他做干爹；公司还买了一套香山豪宅送给周书记养老；给黑龙王又盖了一座镀金的庙宇；又把其他投资人的款也都连本带利地还了；员工的工资也三倍补发；就连给公司做卫生的阿姨都得到了一份大分红。人人皆大欢喜……

"接下来，我们要拍什么呢？"吴海坐在镶嵌着一排宝石的老板椅上，一双十万欧元的崭新皮鞋高高地跷在紫檀木会议桌上，抽着名牌雪茄问。

"《汉江神兽》？"黄亚明问。

"我有一种预感，如果拍出来，我们可能立刻封神！"欧阳正德说。

"你知道吗？我家菜市口的那块地要拆迁了,政府赔了我家一大笔!"黄亚明得意地问,"我现在真不知道这些钱要怎么用。"

"是啊,芳姐也给我留了一大笔钱,在瑞士银行里乖乖地躺着呢。"吴海深藏不露地说。

"我前妻刚给我打电话,她说电影太好看了,就是联合投资人里她的名字字号太小了。岳父交代她要卖掉所有的房子、店面来投我的下一部戏!"欧阳正德说。

"哈哈哈……"三个雄心壮志的男人将手握在了一起。

"丁零零……"电话响了。

三个人纷纷提起手机看了看,欧阳正德走了出去。

"欧阳老师,是我,绣雪……"郭绣雪从英国打来远洋电话说,"我,我已经生下孩子了……你,你是有生育能力的……"

欧阳正德愣住了,他不敢问到底是怎么回事。他只记得有天在济州岛的酒店,他和郭绣雪一起研究剧本,迷迷糊糊就睡着了。第二天,醒来的时候,他发现长期锻炼气功的自己罕见地梦遗了……

不问世事的峨眉山师父,在坐化飞升前,千叮万嘱的话如雷贯耳地在欧阳正德耳边响起来:"欲练此功,禁绝女色,炼精化气,炼气化神,练神返虚,否则前功尽弃,五雷轰顶,五脏俱焚,切记切记……"

欧阳正德呆呆地挂掉了电话,他没注意到微信提示栏里,陈美发来了一张照片,照片里的小蝴蝶,被团团洁白的鲜花簇拥着,睡得比天使还要安静……

"黄总，医院刚送来的体检报告。"小晴拿着一个快递进来。

"你受伤的地方还没好？"吴海问。

"就是下身有点痒，越南的鸭子不管用！"

"你在西贡又背着我们出去玩了吧？"

黄亚明拆开了体检报告，赫然看到报告的血液鉴定显示着：HIV 病毒呈阳性。

他像一根夏天里的冰棍，全身汗淋淋的。他莫名地想起那一次和宋智丽斗嘴，在三里屯酒店被一众外国女人玩弄，那个声色犬马的晚上，不，或许不是她们，而是在昆明音乐节一夜风流的丁当；又或是丁冬、丁丁、空姐、模特、酒吧歌手、大排档啤酒妹、咖啡店女服务生、唱片公司女老板、隔壁老王的外甥女、24 小时便利店的收银员……是他生命之中睡过的任何一个女人……

"管他呢！要死就死在牡丹裙底！"黄亚明大大咧咧地撕碎了报告，将其稀巴烂地丢在了冷冷的风中。

"送快递的。"又一个身份不明的人走进了金三角影业公司，"吴海呢？"

"吴总裁在楼上，"小晴说，"我帮忙签收就行。"

"对不起，寄件人交代要本人签收。"快递员拿着盒子，走上了楼梯。包裹严密的盒子里发出了嘀嘀嗒嗒的细微声音，却被金三角影业无处不在的欢声笑语给盖住了。

吴海躺在楼上的办公椅中，睡着了。这段时间他好累，好累，他真的想给自己放一个没有限期的假期。

梦想在前方,希望在明天,撑住啊,撑住啊,永不放弃! 所有还在水深火热中翘首以待追逐梦想的电影人!

"撑住啊! 撑住啊……"

恍惚间,吴海又回到了那个灯红酒绿、堆满垃圾的后海小胡同,镜头迅速一切,又变成曼哈顿画满涂鸦、音乐嘈杂的潮湿巷子。

他歪着头,四肢瘫软,倒在漆黑逼仄的过道里,周围都是刺鼻的酒水与污物的臭味,不远处有叮叮当当的环佩声,像是时尚女子匆匆而过的高跟鞋声,又像是黑帮双方子弹交火、频换弹壳的暴力喧嚣……深红色的鲜血从他的身上流淌出来,慢慢地渗入泥土,缓缓地叠化,渐渐地流淌漫延,变成了深邃广袤、波涛汹涌的太平洋……

"不要死啊! 海! 海! 你千万不要睡着了……"黄亚明和欧阳正德握着吴海的手,痛彻心扉、撕心裂肺地喊。

吴海紧闭双眼,浑浊的泪水溶到了血里,他看到了生命中那些女子巧笑嫣然的脸,镜花水月一样地浮现,他努力地伸手,试图温柔地抚摸她们的脸,却看见层层散开的涟漪,看见漫天纷飞的花瓣……

在他即将失去全部意识的刹那间,记忆回光返照地退回了十三岁那年,太平洋浪涛滚滚不休,黑暗无光的海面上,在颠簸摇晃的偷渡船上,那个从小玩到大、却熬不过苦难旅程的小伙伴,有气无力地抓着他的手,掏出一块干巴巴的馒头和一本皱巴巴的护照,耗尽了全部的力气,病恹恹地说:"伊哥,我要死了,我撑不住了……替我活下去……真的,真的好想在美国看一场电影啊……

好想啊……"

"不能死！你不能死啊！伊海！伊海！海……"暗无天日,如人间地狱的走私船底,失去名字的小孩抱着同伴的尸体,像斯坦尼康不停地摇晃着,在黑夜的海上放声大哭。

所有的悲伤都终止画外。

这一场天地动容、风云变色的人生电影渐渐湮灭于无边无际、无声无息的黑暗。